BRUSSAILES

ELÉONORE DEVILLEPOIX

BRUSSAILES

Illustré par Kateřina Boudriot Bažantová

hachette
ROMANS

Illustrations intérieures et de couverture :
Kateřina Boudriot Bažantová
Composition graphique : Hachette Romans Studio

Hachette Livre, 58 rue Jean Bleuzen, 92170 Vanves.

À Amaia,
la cigognette australienne

Pigeon

Nom masculin
(latin *pipio, -onis*)

Oiseau (colombidé) assez gros, souvent gris, très commun dans les villes, connu pour sa démarche oscillante et pour son cri, le roucoulement.

Familier. Homme naïf, facile à duper.

Chapitre 1

LE PARLEMENT DES OISEAUX

OÙ

l'on apprend comment des vols d'œufs déclenchèrent toute cette affaire

À Brussailes, les vols d'œufs n'étaient pas rares. On entendait souvent les parcs bruisser de pépiements horrifiés lorsque la nouvelle d'un tel crime se propageait d'un bosquet à l'autre. Pendant quelques jours, les spéculations allaient bon train sur l'identité de l'oiseau détraqué qui avait commis ce vol – même les rapaces ne s'attaquaient pas aux nids. Malgré ce ramage intense, on ne retrouvait jamais le coupable, et le sujet finissait par s'user. Quand il ne restait plus que les parents endeuillés pour pleurer la perte du parfait petit œuf rond qu'on leur avait ravi, les conversations passaient à l'éclosion tardive des chenilles, aux giboulées de printemps, à l'arrivée d'un couple de faucons sur la cathédrale Sainte-Gudule ou aux plumes du benjamin de la couvée qui ne poussaient toujours pas. Les vols d'œufs restaient un fait divers, sordide certes, mais pas de nature à chambouler le quotidien du peuple aviaire.

Pourtant, à la belle saison de l'année-du-gros-orage-d'automne[1], les vols d'œufs se multiplièrent[2]. Pas une journée

1 - Ainsi nomme-t-on les ans à Brussailes : a posteriori, quand on a un certain recul météorologique sur l'année écoulée.

2 - Du moins était-ce l'impression générale, car les passereaux ne sont pas très forts en statistiques.

ne passait sans qu'un couple de nicheurs ne soit frappé par cette tragédie. Les vols d'œufs semblaient affecter toutes les espèces, dans tous les coins de Brussailes. On en vint à penser qu'il ne s'agissait pas là de l'œuvre de quelques fous isolés, mais d'une action coordonnée d'un groupe d'individus. De divers, le fait devint politique et se retrouva à l'ordre du jour du Parlement des Oiseaux.

Un matin d'automne, les passereaux furent appelés à se réunir sur le toit de la bibliothèque Solvay du parc Léopold, siège officiel du Parlement, un emplacement choisi car il était assez calme, vert et central pour convenir à tous les représentants des espèces. Depuis ce promontoire, on voyait l'étang et son îlot ovale où nichaient cygnes et foulques, les hauts cyprès qui gloussaient avec le vent, la pétaradante rue Belliard où les vrombes*[3] filaient à toute allure et les grands immeubles du quartier d'affaires au milieu duquel le parc était niché. Les ramures des arbres commençaient à se parer de jaune, comme le plumage nuptial d'un verdier, et une humidité fraîche, quoique encore assez douce, alourdissait l'air.

3 - Machines roulantes inventées par les humains. Tueuses notoires de pigeons distraits. (Voir le lexique brussailois disponible en page 279.)

Sur le toit de la bibliothèque, tout ce que Brussailes fait de plumes se rassembla autour d'une vieille cheminée qui servait de tribune parlementaire, chacun bataillant pour se trouver une place à coups de bec. Le faîte du toit, zone convoitée car on y était vu et entendu de tous, était la chasse gardée des rapaces, des corvidés, des oies, bref de toutes les espèces imposantes. Les individus les moins influents se contentaient des parties les plus basses, près du rebord. Chaque espèce était représentée au prorata de son importance numérique. Il n'y avait donc qu'un seul pic cendré, mais une volée d'étourneaux sansonnets et assez de pigeons bisets pour remplir un pigeonnier.

Malgré leur nombre, ces derniers ne comptaient pas parmi les espèces les plus en vue du Parlement. Perchés sur les gouttières, ils suivaient les débats d'un œil, toujours inquiets à l'idée qu'on leur demande d'intervenir et d'exprimer une opinion, ce qui heureusement n'arrivait jamais[4].

La présidente, une vieille femelle geai qui ne pondait plus depuis plusieurs années déjà, sauta sur la cheminée et ouvrit la séance en prenant dans sa patte le bâton de parole, un rameau de laurier. Elle se dépêcha d'évacuer les annonces d'usage, bien consciente que l'assemblée

4 - Les oiseaux éprouvent un certain mépris envers les pigeons. Il faut dire que rien chez le pigeon ne force l'admiration : ni son plumage, ni son chant, ni sa vivacité, ni, ni… C'est le plus banal des oiseaux, gris comme les immeubles sur lesquels il dépose ses fientes, vivant des déchets laissés par les humains, à l'occasion d'un vomi largué sur la voie publique par un étudiant aviné. On ne fait pas moins poétique que le pigeon. Comme si son allure peu reluisante ne suffisait pas, cet oiseau n'a pas l'honneur de faire partie des espèces sauvages, traînant derrière lui des siècles de domestication comme messager, volaille ou oiseau d'apparat ; tout juste lui accorde-t-on du bout du bec le qualificatif de féral.

n'avait qu'un sujet en tête. La foule jasait dans tous les sens, et le ramage enflait tellement que la présidente finit par pousser un croassement sec pour rappeler l'assemblée à l'ordre :

— Le prochain point à l'agenda de cette session est la croissance inquiétante que nous avons constatée cette année des VOLS D'ŒUFS. Nous allons débattre de ces événements tragiques et essayer de trouver des solutions.

Un corbeau freux de vingt ans, le doyen du Parlement, fut le premier à parler. D'un battement d'ailes, il remplaça la présidente sur le perchoir et prit le rameau de laurier. Son âge et son statut de chef de la délégation des corvidés en faisaient un volatile très influent. Il était d'ailleurs le porte-parole du Parlement des Oiseaux auprès de l'Organisation des Espèces Unies[5]. Les plumes grises qui entouraient son bec, typiques des corvidés de son espèce, lui donnaient un air vénérable.

5 - L'OEU, qui se réunit une fois par an, au solstice d'été.

— Monoiselle la Présidente, Mesoiseaux les représentants. La belle saison a été rythmée par une succession de vols d'une ampleur sans précédent. Ces crimes, d'une lâcheté inouïe, ont considérablement érodé la confiance que nous avons les uns envers les autres. Qui n'a pas été tenté d'accuser son voisin de branche ? Qui n'a pas songé à blâmer une des bonnes espèces présentes parmi nous aujourd'hui ? Pourtant, nous voyons tous que les vols d'œufs n'ont épargné, pour ainsi dire, aucune des communautés. Même nous, les corvidés, avons payé le prix fort. Il paraît ainsi raisonnable de conjecturer qu'un réseau criminel, voué à déstabiliser notre paisible société, est responsable de ces crimes abjects.

Il laissa planer un silence majestueux.

— La question est maintenant : qui donc compose ce réseau criminel ? Quelle espèce compte en son sein des individus assez pervers pour commettre de telles atrocités ?

— Ça pourrait être les humains, hasarda une bergeronnette.

Le corbeau freux balaya son argument d'un mouvement d'aile.

— On sait tous que les bécasses font partie des espèces protégées par les humains, or un couple de bécasses a perdu un œuf, répliqua-t-il.

— Des rats ?

— Des chats ?

— Certains nids ont été volés à des hauteurs inaccessibles aux chats ou aux rats, répondit le freux en secouant la tête. Et puis, aucune écaille n'a été retrouvée dans les nids. Tout porte à croire que les œufs ont été emportés pour être consommés *(à cette idée, un haut-le-cœur collectif ébouriffa les plumes de l'assemblée)* dans un autre lieu. L'espèce responsable de ces vols doit donc être assez grosse pour porter des œufs de canard colvert et, permettez-moi d'ajouter, indifférente au bien-être de notre communauté…

— Un rapace ! zinzinula un minuscule roitelet huppé.

Il avait laissé échapper cette exclamation en oubliant que le chef de la délégation des rapaces – un grand faucon pèlerin – était justement perché sur une autre cheminée derrière lui. Les serres jaunes du faucon pianotèrent sur la brique et le roitelet referma aussitôt son bec, les plumes de sa huppe s'aplatissant sous l'effet de la peur.

— Nous n'avons certes pas eu de vols d'œufs à déplorer, mais nous ne sommes pas indifférents au bien-être de la communauté, rétorqua le faucon. Le premier principe de la Convention d'adhésion des rapaces au Parlement a d'ailleurs établi que *« les prélèvements effectués par les oiseaux de proie contribuaient à la bonne santé des populations aviaires en éliminant les individus les plus faibles »*, récita-t-il.

Les oiseaux les plus âgés n'ignoraient pas que cette Convention avait été arrachée à la force des serres une quinzaine d'années auparavant par des rapaces désireux de rejoindre le Parlement, dont ils étaient jusque-là exclus. Personne n'était convaincu par ce premier principe, mais personne n'aurait osé le remettre en cause, de peur de faire partie du contingent d'individus prélevés pour contribuer à la bonne santé des populations aviaires.

— Par ailleurs, nos becs sont faits pour déchiqueter de la chair saignante, pas pour avaler des œufs, ajouta le faucon. Leur texture gluante n'est absolument pas appétissante, conclut-il avec une moue.

Cet argument sembla davantage convaincre l'audience. Depuis le sommet de la cheminée centrale, le corbeau freux croailla ; la présidente geai l'autorisa d'un hochement du bec à reprendre son argumentaire.

— Les criminels ne sont donc vraisemblablement ni une coalition d'individus disparates, ni les humains, ni les rats, ni les chats, ni les rapaces, résuma le freux. Nous pouvons en revanche poser l'hypothèse raisonnable que nos tortionnaires sont des oiseaux de taille respectable, capables de transporter des œufs et n'ayant pas l'honneur d'être membres de cette assemblée. Donc, nous avons affaire soit à des oiseaux migrateurs, soit à une espèce récemment arrivée parmi nous… Et je ne connais pas d'oiseaux migrateurs avec des serres assez larges pour emporter des œufs.

Même les cygnes, notoirement lents à la comprenette, commençaient à percevoir où il voulait en venir.

— Les perruches, entendit-on murmurer dans l'auditoire.

Depuis quelques années, une espèce croissait à Brussailes. Avec leur plumage vert criard, leurs cris perçants et leur allure exotique, elles détonnaient dans le paysage urbain. Échappées des ménageries, abandonnées par leurs propriétaires humains, évadées des zoos, les perruches avaient au fil du temps formé des communautés si soudées qu'elles en étaient parvenues à survivre aux rigueurs de l'hiver brussailois, malgré leurs origines tropicales.

Ces perruches faisaient partie des rares espèces d'oiseaux (avec les poules et les canards domestiques) qui n'envoyaient pas de représentants au Parlement. Une clause du Traité des Oiseaux stipulait en effet que seules les espèces sauvages et autochtones, ou vivant sans assistance humaine depuis plus d'un siècle à Brussailes, avaient le droit de siéger au Parlement. Clause bien commode pour le peuple aviaire, qui ne voyait pas l'arrivée de ces étrangères d'un bon œil.

Les perruches jouissaient en effet d'une sale réputation. Déjà, elles avaient été introduites dans la ville par les humains, comme à peu près toutes les plaies qui frappaient les oiseaux. Elles saccageaient les bourgeons, monopolisaient des arbres entiers, se déplaçaient en gangs à travers la ville et s'imposaient sans vergogne sur les oiseaux de moindre taille. On disait même qu'elles flanquaient des roustes aux petits passereaux sans défense. Et puis, elles avaient la taille et l'intelligence requises pour commettre ces crimes.

Soudain, le toit de la bibliothèque crépita de pépiements, cancans et croassements diverses. N'avait-on pas retrouvé un bout de plume verte dans un des nids dévalisés ? Et le piaillement étrange qu'une merlette avait entendu alors qu'elle s'en retournait à sa couvée attaquée, n'était-ce pas le cri d'une perruche ? Chacun y allait de son commentaire et de son anecdote, confortant l'assemblée entière dans sa certitude qu'elle avait enfin trouvé l'espèce coupable.

— Œuf pour œuf, bec pour bec ! lança un troglodyte en venant se poser sur la cheminée de discours, sa queue dressée en l'air.

Sa nichée de l'année comptait parmi les victimes des vols d'œufs et l'émotion faisait vibrer son chant flûté.

— Elles ont saccagé nos nids, saccageons les leurs !

La formule fit aussitôt des émules. Les étourneaux la répétèrent en boucle. Alors que les moineaux, toujours sur le pied de guerre, commençaient à dresser un plan d'attaque, le faucon pèlerin décolla pour se poser aux côtés des autres rapaces de Brussailes. Ils échangèrent quelques vifs propos, puis le faucon se réenvola pour venir se percher sur la cheminée centrale.

Comme toujours, sa présence réduisit l'auditoire au silence. Il faut dire que la vision de ses austères moustaches noires et de son poitrail blanc moucheté, encadré par deux ailes cendrées assez puissantes pour emporter un pigeon ramier, avait de quoi couper le sifflet aux volatiles les plus bavards.

— La délégation des rapaces met son veto à toute expédition punitive conduite à l'encontre des perruches tant que leur culpabilité n'a pas été prouvée. Il serait criminel de forcer les perruches à quitter Brussailes sur la base de simples soupçons.

Cette déclaration refroidit aussitôt les ardeurs combatives des oiseaux. Le droit de veto était le second principe de la Convention d'adhésion des rapaces au Parlement. Aucune autre espèce n'en disposait. Là encore, les faucons avaient été économes en diplomatie pour obtenir cette prérogative.

Tandis que les petits passereaux s'étonnaient de voir les rapaces se prononcer *contre* une action agressive, qui était d'ordinaire leur domaine de prédilection, la délégation des corvidés, elle, contemplait ce pacifisme soudain avec moins de crédulité.

— Ils aiment beaucoup trop le goût des perruches pour accepter qu'on les chasse de Brussailes, croailla du bout du bec le corbeau freux, et les autres acquiescèrent sombrement.

S'ensuivit une discussion animée, où il fut décidé qu'une petite équipe de trois oiseaux serait constituée en vue d'une mission de renseignement visant à rapporter les preuves de la culpabilité des perruches. Le nombre de trois fut choisi après un long débat – certains voulaient seulement un ou deux oiseaux, pour plus de discrétion, d'autres cinq ou six, pour qu'ils soient capables de se défendre face aux perruches. Les étourneaux sansonnets suggérèrent même d'envoyer une compagnie entière. Trois ne satisfaisait personne, ce qui conforta la présidente geai dans l'idée qu'il s'agissait d'un bon chiffre. La motion fut adoptée. Après d'âpres débats, il fut également entériné que les trois oiseaux seraient d'espèces différentes, afin de garantir la plus grande impartialité. Les corvidés ne manquèrent pas d'afficher leur scepticisme sur les chances de succès d'une telle entreprise – faire coopérer deux espèces à la rigueur, mais trois ? En dehors du Parlement lui-même, c'était du jamais-vu. L'idée, lancée par un cormoran, remporta cependant l'adhésion des autres délégations. Enfin, sous la pression des rapaces, l'assemblée statua que cette équipe de choc devrait présenter les résultats de sa mission de renseignement lors d'une prochaine session du Parlement, fixée à la huitaine suivante, à midi.

Comme les oiseaux n'avaient pas de services secrets à disposition[6], un appel à volontaires fut lancé. Un jeune rouge-gorge célibataire, qui souhaitait manifestement impressionner la galerie, se porta bénévole. Les corneilles déclarèrent qu'elles proposeraient un oiseau au nom des corvidés. Restait un oiseau à trouver. Aucun autre représentant du Parlement n'avait envie de se

***6** - Ni de gouvernement, ni de système judiciaire, ni de police. Les oiseaux s'en tiennent au strict nécessaire quand il s'agit de politique.*

dévouer ou de solliciter des congénères pour une mission qui s'annonçait hautement périlleuse. Finalement, on se tourna vers les pigeons, qui avaient suivi toute la séance le bec clos, à moitié endormis par le soleil automnal qui réchauffait le toit. Ils se virent alors parés de toutes les qualités indispensables à l'accomplissement de cette délicate opération : on loua leur plumage gris, parfait camouflage dans le décor minéral de la ville. On ne tarit plus d'éloges sur leur capacité à se déplacer avec confiance dans n'importe quelle zone urbaine, même les plus polluées, quand d'autres espèces n'osaient pas sortir des jardins. On admira enfin leur taille respectable, qui certainement impressionnerait les perruches si on en venait à la bagarre. Le chef de la délégation des pigeons, un peu surpris de cette soudaine valorisation de son espèce, gonfla son jabot et annonça d'un roucoulement solennel que les colombidés ne manqueraient pas à l'appel du devoir. Ils proposeraient un tribut dès le lendemain.

Chapitre 2

LA FIN DES FRITES

OÙ

l'on découvre comment Jaboterne s'est retrouvé chargé d'une mission pour laquelle il n'était pas taillé

Tandis que ses congénères débattaient de l'avenir de leurs nichées, Jaboterne, lui, s'attelait à une tâche bien plus prosaïque : récupérer des frites écrasées dans le fond d'un cornet qu'un humain avait laissé choir sur la voie publique.

Il se trouvait à quelques rues du parc Léopold, à côté de la place Jourdan, une grande place pavée où une baraque à frites appréciée des pigeons brussailois pourvoyait depuis des dizaines d'années les volatiles du coin[7] d'un diabète solide. Le cornet que convoitait Jaboterne se trouvait à côté d'une bouche d'égout, derrière un passage piéton. Plusieurs vrombes avaient roulé dessus, transformant le bout de carton en un triangle aplati d'où suintait une purée jaunâtre noircie par les pneus.

7 - Certains pigeons préfèrent toutefois les frites de la place Flagey. C'est un débat qui les occupe en hiver, quand il n'y a pas grand-chose à faire à part attendre les chutes de cornets.

Jaboterne était partagé entre l'envie de plonger son bec dans les frites écrasées et la crainte des vrombes. Il avait déjà failli passer deux fois sous un pneu, ce qui lui avait laissé une saine crainte de ces engins fumants qui mangeaient les humains et les recrachaient intacts après les avoir promenés dans leur estomac d'un bout à l'autre de la ville. En plus de cela, il avait mal choisi son moment pour chasser de la frite sur la chaussée : on était jeudi à 18 heures, c'est-à-dire en pleine période de transhumance des humains vers les banlieues[8].

Il aurait pu attendre la fin de la journée que le trafic se calme pour tenter son approche du cornet, mais trois moineaux étaient déjà sur le coup et d'autres n'allaient pas tarder à rappliquer. Les moineaux, des juvéniles comme lui, multipliaient les allers-retours précipités entre le trottoir et le cornet, chaque fois effarouchés trop tôt par le passage d'une vrombe pour avoir le temps de saisir un bout de frite. Jaboterne, lui, s'était perché sur le bord du caniveau et observait la rue d'un œil[9].

8 - ***Aussi appelée heure de pointe.***

9 - ***Les pigeons observent toujours d'un œil, rapport à leur champ de vision binoculaire très limité.***

Il avait remarqué que les vrombes s'arrêtaient lorsqu'un humain essayait de traverser la voie à l'endroit où le goudron était stratifié de bandes blanches. Le temps que l'humain traverse et que le véhicule reparte, il avait une fenêtre d'environ dix secondes pour attraper une frite.

Un humain arrivait justement sur les bandes blanches, poussant devant lui un petit nid à roulettes où était installé son jeune encore dépourvu de duvet. Les vrombes s'arrêtèrent en pétant des nuages de fumée pour le laisser passer.

C'était le moment ou jamais : Jaboterne s'envola, atterrit à côté du cornet, saisit la frite la moins écrasée du lot et l'emporta avec lui jusqu'à un appui de fenêtre.

Dans un monde juste, il aurait pu prendre le temps de savourer sa prise. Malheureusement, il était un pigeon à Brussailes, et la vie n'est jamais juste pour les pigeons de Brussailes. Alors qu'il s'apprêtait à engloutir son butin d'un mouvement de gosier, un des moineaux fondit sur lui pour la lui arracher.

— Ma frite…

— Fallait l'avaler plus tôt, le lourdaud, répondit le voleur, qui semblait à peine plus grand que son larcin. Ciao !

Jaboterne le regarda emporter sa frite et ne se formalisa pas plus que cela de sa grossièreté. Il avait l'habitude qu'on le prenne de haut (même de la part d'un piaf qui faisait un quart de sa taille). Lui-même devait reconnaître qu'il n'impressionnait personne. Il était de stature moyenne, pas particulièrement bon en voltige ni particulièrement rapide en vol. Son plumage était gris avec deux bandes noires sur les ailes, comme celui de tous les pigeons bisets. Son jabot lui-même était dépourvu des belles irisations vertes et violettes qui apportaient un éclat discret à ses congénères (cela lui avait d'ailleurs valu son nom, Jaboterne).

Il aurait pu dépenser de l'énergie à roucouler et faire bouffer ses plumes devant toutes les pigeonnes encore célibataires, mais Jaboterne avait une conscience aiguë de son insignifiance : c'était d'ailleurs la seule chose remarquable chez lui. Mieux valait prendre du poids, survivre un an aux faucons, aux vrombes et à l'hiver, et compter sur l'année suivante pour trouver une compagne.

Comme la circulation avait fini d'écraser tout à fait le cornet de frites, annihilant ses espoirs d'en saisir une deuxième, il décida d'aller tromper sa faim en se désaltérant le gosier. Il s'envola, plana au-dessus de la place, négocia le carrefour du parc Léopold et atterrit près d'une flaque que les dernières pluies avaient creusée au milieu d'une allée sablonneuse. Son reflet l'informa qu'un bout de duvet rebiquait sur son poitrail. Jaboterne n'avait certes pas beaucoup d'estime personnelle, mais il souhaitait éviter d'apparaître aux prédateurs du coin comme un juvénile à peine décollé du nid (ce qu'il était, en réalité, car il avait éclos dans une couvée de fin d'été).

S'il n'avait pas été occupé à arracher ses restes de duvet, sans doute aurait-il rapidement quitté son point d'eau, et le reste de son existence aurait alors été aussi prévisible que monotone. Mais son chemin croisa celui du chef de la délégation des pigeons, qui revenait du Parlement des Oiseaux en regrettant d'avoir accepté de fournir un tribut à la mission d'espionnage, et son destin changea.

Le représentant des pigeons avait envie de régler rapidement cette affaire, et ne comptait surtout pas se désigner lui-même pour cette mission. Il ne pouvait pas non plus confier la tâche à un pigeon ou une pigeonne déjà en couple, car alors le ou la partenaire aurait voulu l'accompagner[10], ce qui aurait mis à mal le quota de trois oiseaux qui avait été décidé. Il fallait donc trouver un pigeon célibataire, et le premier qu'il aperçut fut Jaboterne. Sans plus de réflexion[11], il atterrit à côté de la flaque, se racla le gosier et demanda :

— Comment tu t'appelles, petit ?

— Jaboterne, répondit Jaboterne, surpris par cet accostage.

— Jaboterne, tu as été choisi pour une mission importante.

— Ah bon… ?

— Tu as rendez-vous demain à l'aube sur le toit du Parlement des Oiseaux pour le début de cette mission, l'informa son interlocuteur[12].

10 - ***Les pigeons sont des partenaires extrêmement fidèles. Un peu trop, parfois. Par amour, ils sont capables de parcourir des centaines de kilomètres en quelques heures pour rejoindre leur bien-aimé(e). C'est d'ailleurs le principe de la colombophilie : on prend un pigeon en couple, on l'éloigne de son partenaire, et on le laisse revenir tout seul à son nid en calculant son temps de parcours.***

11 - ***Une corneille aurait pris le temps d'évaluer plusieurs candidats, de peser les compétences et la motivation des uns et des autres, mais les pigeons ne poussent jamais très loin la réflexion. Pas parce qu'ils n'en sont pas capables, non : seulement, ils ne s'intéressent pas à la stratégie.***

12 - ***On ne peut pas vraiment dire qu'il lui*** ordonna ***de se rendre sur le toit. Les pigeons n'ont pas la moindre organisation sociale et ne connaissent pas la hiérarchie. Ce sont de vrais anarchistes, en fait.***

— Ah bon… ? répéta Jaboterne (le sens de la répartie figurait en bonne place sur la liste des qualités dont il n'était pas doté).

— Bon courage, petit, conclut le pigeon.

Comme il s'apprêtait à s'envoler, quelque chose se débloqua dans le cerveau de Jaboterne, qui pensa enfin à demander :

— Mais c'est pour quoi faire, en fait ?

— Pour une mission de renseignement sur les vols d'œufs qu'il y a eu cet été. Ou quelque chose comme ça, je n'ai pas écouté toute la séance, ajouta le pigeon après un instant de doute.

L'idée qu'il pouvait refuser la mission traversa l'esprit de Jaboterne[13], mais il était encore très loin de formuler cette pensée fugace quand son interlocuteur s'envola, le laissant seul à côté de la flaque. Sonné par la discussion, il regarda le sommet de la bibliothèque, puis son reflet dans l'eau, et eut alors le vague pressentiment que cette affaire de vols d'œufs n'allait pas lui laisser beaucoup de temps pour chasser de la frite. Il n'aurait pas pu être plus près de la vérité.

13 - ***Quand on ne connaît pas la hiérarchie, on ne connaît pas non plus la désobéissance.***

Chapitre 3

LES TROIS PASSEREAUX

OÙ

Jaboterne rencontre ses compagnons d'équipée

Le lendemain matin, Jaboterne atterrit un peu avant l'aube au lieu de rendez-vous, le plumage encore humide d'un vilain crachin qui avait passé la nuit à détremper le marronnier sur lequel il avait l'habitude de dormir. Comme le toit de la bibliothèque était désert, il se jucha sur une corniche, enfonça son bec dans son jabot et gonfla ses plumes pour se donner chaud en attendant la suite des événements.

Ceux-ci ne tardèrent pas à arriver. Ils prirent la forme d'une petite boule qui atterrit à pleine vitesse sur le toit et commença à sautiller de-ci, de-là en regardant les alentours d'un air alerte. C'était un jeune rouge-gorge au plastron écarlate et soigneusement ébouriffé.

— C'est toi, le pigeon choisi pour la mission ? lança le rouge-gorge après lui avoir jeté un coup d'œil circonspect. Je ne comprends pas pourquoi ils ont insisté pour qu'on soit trois, franchement je pouvais y aller tout seul.

— Humrrrhl, se contenta de répondre Jaboterne.

L'enthousiasme de son nouveau compagnon ne lui disait rien qui vaille : les rouges-gorges étaient connus pour leur bellicisme totalement disproportionné eu égard à leur taille.

Jaboterne se demanda s'il en savait plus que lui sur ce qui les attendait, mais évidemment, en bon oiseau introverti, il n'osa pas poser la question.

Le malaise de Jaboterne s'accrut lorsqu'un troisième passereau les rejoignit quelques secondes plus tard. Il s'agissait cette fois-ci d'une corneille longiligne, qui dépassait Jaboterne d'une bonne tête. Ce dernier ne raffolait pas des relations interespèces, mais s'il y avait bien une sorte d'oiseaux dont il évitait la fréquentation (à part les faucons), c'étaient les corneilles. Il n'en avait pas encore rencontré une seule qui ne fût calculatrice et arrogante. Dès que la nouvelle venue ouvrit son grand bec noir, il sut qu'elle ne dérogeait pas à cette règle :

— Un pigeon et un moineau. Bonjour la fine équipe.

— Je suis un rouge-gorge ! s'indigna le rouge-gorge en gonflant sa poitrine pour souligner la tache vermillon qui le démarquait des autres passereaux.

— Tout ce qui est plus petit qu'un étourneau, pour moi, c'est un moineau, coupa la corneille. Autrement dit, un piaf complètement inutile si on se retrouve à devoir affronter les perruches. Si on rajoute à cela une espèce insignifiante comme les pigeons…

— Inutile ? s'offusqua le rouge-gorge. Non mais, tu sais à qui tu parles, là ? Moi j'ai effarouché deux fouines pour défendre mon territoire, pas plus tard que la semaine dernière ! J'ai même réussi à me sortir des griffes d'un chat, une fois.

— C'est ça, et j'imagine que les faucons s'envolent à tire-d'aile en te voyant arriver.

— Affronter les perruches ? intervint Jaboterne en redressant le cou.

Il arrive un moment dans la vie de tout oiseau introverti où la situation impose de sortir de sa réserve. Jaboterne regretta aussitôt cette infidélité à son mutisme, car sa question venait de rappeler son existence aux deux autres. À leur manière de le regarder, Jaboterne comprit que la corneille et le rouge-gorge étaient au moins d'accord sur un point : ils n'avaient aucune envie de l'avoir comme troisième coéquipier.

D'autres oiseaux auraient cherché à rattraper le coup et passer pour mieux informés. Mais l'avantage, quand on n'a pas beaucoup d'estime de soi, c'est qu'on ne perd pas d'énergie à garder la face.

— Je ne sais pas en quoi consiste la mission, avoua platement Jaboterne. On m'a juste dit qu'il fallait que je vienne ici ce matin pour aider à une histoire de renseignement sur les vols d'œufs.

— Tu n'as pas plus de détails et tu as quand même accepté ? s'étonna la corneille.

— Je n'ai pas pensé à refuser, répondit Jaboterne après un instant de réflexion qui lui fit péniblement ressentir l'étendue de sa bêtise.

La corneille claqua du bec.

— Fantastique. Décidément, je suis bien tombée.

Elle s'envola et alla se poser sur la cheminée centrale, dominant Jaboterne et le rouge-gorge depuis ce perchoir parlementaire. Elle ne paraissait pas beaucoup plus vieille qu'eux, même s'il était difficile de lui donner un âge[14]. Baissant le cou vers eux d'un air condescendant, elle ajouta :

— Le Parlement a décidé lors de sa séance hier que trois oiseaux seraient chargés de vérifier et prouver que les vols d'œufs survenus à Brussailes ces derniers mois ont été commis par les perruches. Ceci dans un délai de huit jours. Je n'étais pas présente lors de cette séance, mais apparemment notre ami le *rouge-gorge* ici présent s'est porté volontaire…

— Il faut bien que cette mission ait une chance de réussir, répliqua l'intéressé avec hauteur.

— … et j'ai moi-même été choisie par la délégation des corvidés pour accomplir cette tâche. Je devine donc que toi, le pigeon, tu as aussi été sélectionné par tes semblables.

14 - *Les corneilles vivent trois fois plus longtemps que les pigeons. On pourrait croire que cette longévité respectable leur apporte une certaine sagesse bienveillante, mais non : elles ont tendance à devenir encore plus retorses avec l'âge.*

C'est que tu dois avoir quelques talents *bien* cachés, qui vont nous aider à nous frotter aux perruches.

Jaboterne oscilla sur ses pattes avec l'impression soudaine qu'il venait de prendre la fumée d'un pot d'échappement en plein bec. Se frotter aux perruches ? Non, il n'avait certainement pas de talents pour ça. À nouveau, il songea à la possibilité de refuser la mission, mais il ne voyait pas comment faire à présent qu'il était là, sur le toit, avec ses deux coéquipiers, et que le Parlement des Oiseaux comptait apparemment sur eux pour trouver les preuves de la culpabilité des perruches. La seule chose qu'il parvint à articuler fut donc :

— Comment on va faire pour trouver ces preuves ?

— On n'a qu'à capturer une perruche et la ramener de force ici pour l'obliger à parler, proposa aussitôt le rouge-gorge. En la menaçant de lui arracher les rémiges si elle refuse de coopérer.

À l'idée de participer à un rapt de perruche, Jaboterne se sentit à nouveau mal. Plantée sur la cheminée, la corneille roula les yeux au ciel[15].

— Et tu peux m'expliquer comment on va réussir à attraper une perruche, l'éloigner discrètement de ses congénères, l'immobiliser et la faire parler, avec nos petites pattes ? Ni le pigeon

15 - ***Enfin, les corneilles ne roulent pas les yeux au ciel pour exprimer leur agacement, elles agitent plutôt le bout de leurs rectrices, mais vous avez compris l'idée.***

ni moi n'avons les serres assez grandes pour y arriver, et toi l'oisillon ce n'est même pas la peine d'y penser. Non, j'ai une idée bien moins idiote.

Elle fit une pause, manifestement pour leur laisser l'opportunité de lui demander quelle solution astucieuse sa cervelle d'oiseau avait trouvée, mais elle n'obtint aucune réaction. Jaboterne s'était réfugié dans son mutisme ; quant au rouge-gorge, il semblait davantage prêt à lui faire manger les plumes de son croupion qu'à discuter stratégie avec elle.

— Ma solution consiste à aller examiner les nids de perruche et voir si on y trouve des morceaux de coquilles d'œufs qui ne seraient pas les leurs, poursuivit la corneille. Tous les œufs ont été emportés, ça veut dire qu'ils ont dû être consommés dans leur colonie. Il faut juste qu'on réussisse à s'infiltrer dans la colonie et qu'on rapporte des écailles.

Cette solution avait beau sembler plus faisable, Jaboterne ne se sentit pas mieux pour autant. Il avait déjà entendu parler de la colonie des perruches : on disait qu'elles vivaient dans un immense cèdre du Liban, au bord de la forêt de Soignes. L'arbre était tellement rempli de volatiles qu'il semblait bouger et crier de son propre chef. Aucun chat n'osait s'en approcher à moins de cent battements d'ailes[16], et même les humains y réfléchissaient à deux fois avant de passer sous ses épines. Comment un rouge-gorge, une corneille et un pigeon allaient réussir à s'y infiltrer sans se faire repérer ? Jaboterne préférait ne pas penser à ce qui se passerait s'ils se faisaient attraper : il avait déjà entendu parler d'histoires d'oiseaux réduits en charpie par des perruches en colère…

— Et comment va-t-on faire pour rapporter les écailles ? objecta le rouge-gorge (qui semblait décidé à démontrer que la solution de la corneille n'était pas plus maligne que la sienne). Il est hors de question que je traverse toute la ville avec des morceaux d'œufs d'autres oiseaux dans le bec.

— C'est sûr, c'est beaucoup plus difficile que de traîner une perruche, railla la corneille.

— Mais c'est dégoûtant ! s'exclama le rouge-gorge avec un frémissement. Et puis, si on se trimballe avec des morceaux d'œufs étrangers, on va penser que c'est nous les voleurs. Me fais pas croire que tous les oiseaux brussailois savent qu'on est en mission. Imagine si on tombe sur une

16 - ***Les oiseaux utilisent un système de mesure basé sur le battement d'ailes. Mais, comme les espèces n'ont pas la même propulsion, c'est un système assez chaotique, qui donne lieu à de nombreux malentendus. Raison pour laquelle les corvidés essayent depuis quelques années de convaincre le Parlement d'adopter un système de mesure unique (en utilisant le battement d'ailes moyen des corvidés comme référence, évidemment). Chez le pigeon, un battement d'ailes équivaut à environ un mètre, ce qui simplifie la conversion vers le système métrique humain, c'est pourquoi nous l'utiliserons comme étalon dans la suite de l'histoire.***

ouette mal informée qui s'est déjà fait voler des œufs... C'est un coup à se faire dézinguer la carlingue !

— J'ai déjà pensé à ce problème logistique, tempéra la corneille. On va utiliser une pochette.

— Une *quoi* ?

— Une *pochette*. Une invention des humains qui permet de transporter des choses.

— Je suis un oiseau sauvage, je ne touche pas aux trucs des humains, moi, répliqua le rouge-gorge avec hauteur.

— De toute façon, je ne pensais pas te confier la pochette, riposta la corneille. Tu es trop petit, tu risquerais de tomber avec. Quant à moi, continua-t-elle sans laisser le temps au rouge-gorge de s'indigner, il vaut mieux que je préserve mes forces pour réfléchir au plan. Tu seras donc le porteur de la pochette, conclut-elle en se tournant vers Jaboterne.

Jaboterne n'était pas emballé par cette corvée, mais il songea que c'était une façon relativement simple de participer à la mission, qui pourrait peut-être même l'exonérer de responsabilités futures. En outre, il n'avait pas de scrupules à s'approcher des inventions humaines (certaines lui semblaient d'ailleurs de fort bonnes idées, comme les frites). Il opina du chef sans enthousiasme.

— Et on va la trouver où, cette *pochette* ? ajouta le rouge-gorge en soulignant bien le mépris que lui inspirait cet objet.

— Sur la place du Jeu de Balle, répondit la corneille en allant se poser à côté d'eux, à l'aplomb du toit. Les humains y exposent plein de machins à l'air libre, allez savoir pourquoi. Ce sera plus facile d'en voler une là-bas que dans une de leurs habitations. Ensuite, une fois qu'on aura la pochette, on pourra aller vers l'arbre des perruches et réfléchir à la meilleure manière d'entrer dans la colonie sans se faire repérer.

D'un mouvement autoritaire, elle se tourna vers le centre de la ville, prête à s'envoler. Soudain, elle referma ses ailes à moitié ouvertes et se tourna vers eux :

— Comment est-ce que vous vous appelez, au fait ?

— Jaboterne.

— Chantperdu, dit le rouge-gorge. Et toi ?

— Sept, répondit la corneille.

— Pourquoi Sept ?

— Comment ça, « pourquoi Sept » ?

— Je ne sais pas moi, babilla le dénommé Chantperdu. Tu as sept doigts, sept ans, tu es la septième de la nichée ?

Pour toute réponse, la corneille émit un croassement irrité et s'envola. Chantperdu se précipita à sa suite, battant frénétiquement des ailes pour ne pas se laisser distancer. Jaboterne décolla à son tour pour les rattraper, quittant à contrecœur le parc Léopold et son quartier natal, pour mettre le cap sur la place du Jeu de Balle.

Perchées sur un des plus hauts érables du parc, deux grandes formes ovales regardèrent les trois oiseaux s'éloigner vers les toits du centre-ville.

— Bon, on les suit, et dès que l'occasion se présente on les descend, dit le faucon pèlerin. Je prends le pigeon, tu avales le rouge-gorge, et on se partage la corneille ?

Il s'adressait à sa voisine, une épervière aux yeux jaunes et au poitrail barré de brun. La délégation des rapaces les avait choisis pour saborder la mission. Que les perruches soient coupables ou non, dans le fond, les oiseaux de proie s'en fichaient : ce qui leur importait, c'était d'éviter à tout prix que ce mets exotique, dont ils raffolaient, soit banni de la ville et disparaisse de leur menu.

— Ça vole, répondit l'épervière.

Ils décollèrent de concert.

Chapitre 4

LE MARCHÉ AUX PUCES

OÙ

une soupière explose

De forme rectangulaire, la place du Jeu de Balle était bordée d'une rangée de maisons qui semblaient avoir dégurgité sur les pavés tout ce que les habitations humaines peuvent contenir : un bric-à-brac d'objets rutilants, une véritable mer de tentations pour une pie. Sept, Chantperdu et Jaboterne, tous les trois perchés sur un lampadaire éteint, passèrent quelque temps à observer le manège incessant des deux-pattes-sans-ailes[17]. Les humains semblaient se livrer à un rituel d'échange, les uns tendant des feuilles colorées, les autres donnant en retour des choses aux formes les plus diverses. Jaboterne se demanda s'il s'agissait là d'une sorte de grande parade matrimoniale collective.

17 - ***Les oiseaux ajoutent toujours « sans-ailes » au terme « deux-pattes » utilisé par les animaux terrestres, pour bien souligner le fait qu'on peut n'avoir que deux pattes et rester malgré tout une espèce tout à fait fréquentable.***

— Je ne comprends rien à ces bêtes-là, finit par dire Chantperdu en sautillant sur le lampadaire pour regarder la place sous tous les angles. Ça tourne, ça cancane, ça s'agite, ça fait le beau, mais ça ne défend même pas son territoire ou sa nichée.

— Ça ne cherche pas non plus à manger, renchérit Jaboterne, qui était convaincu que la faim permettait d'expliquer quatre-vingts pour cent des comportements étranges des autres espèces. Peut-être qu'ils ramassent des matériaux pour faire leurs nids, hasarda-t-il.

— Il n'y a pas que la reproduction et la mangeaille qui comptent, dans la vie, grommela Sept en s'essuyant le bec contre le lampadaire.

— Quoi d'autre ? demanda Jaboterne, perplexe.

Sept parut tentée de laisser sa question sans réponse.

— Pourquoi tu t'es porté volontaire pour cette mission, toi, par exemple ? dit-elle au rouge-gorge.

— Moi ?

Chantperdu se figea.

— Bien... Pour... euh... bien... impressionner les femelles, évidemment !

— Ce n'est pas suffisant d'avoir terrassé deux fouines et mis un chat en déroute ? releva Sept, goguenarde. On dirait qu'elles sont bien difficiles, les femelles de ton espèce... Ou alors, peut-être que ton territoire est trop petit ?

Les plumes de Chantperdu se hérissèrent aussitôt et il sembla doubler de volume :

— Si, mon territoire est énorme ! brailla-t-il avec férocité. Il fait au moins deux cents battements d'ailes de long[18] ! Tout un jardin qu'il couvre, mon territoire !

18 - ***Là, quel que soit le système de mesure utilisé, vous pouvez être certains qu'il s'agit d'une exagération.***

— Dans ce cas, pourquoi as-tu voulu participer à cette mission ?

Chantperdu avait l'air soudain très gêné. Il ouvrit le bec, le referma, l'ouvrit à nouveau, le referma également. Il avait dégonflé, comme le pneu d'une vrombe. Jaboterne et Sept se penchèrent vers lui, piqués par la curiosité.

— Pour rien, grommela-t-il. Pour l'esbroufe.

Chantperdu se redressa vivement, comme s'il regrettait soudain de s'être fait embarquer dans cette discussion.

— Bon, alors, elle est où, ta *pochette* ? lança-t-il pour changer de sujet.

— Là, répondit Sept en désignant une table située au centre de la place.

Sur l'étal, au milieu d'un capharnaüm d'objets dont la fonction échappait à Jaboterne, se trouvait un panier en osier rempli d'articles en plastique rose brillant qu'il avait souvent vus orner le cou des petites humaines à peine sorties de l'œuf[19]. La fameuse *pochette* était posée sur cet enchevêtrement coloré, elle aussi rose, elle aussi brillante, fermée par un cordon qui semblait idéal pour être attrapé par les pattes d'un pigeon[20].

— C'est pas très discret, tout de même, fit remarquer Chantperdu. Faudrait pas qu'on se fasse prendre en chasse par des faucons, ils nous repéreraient facilement, avec ce

19 - ***Il s'agissait de colliers en plastique.***

20 - ***Il s'agissait d'une pochette*** Hello Kitty.

truc. Enfin, je dis ça, je dis rien, c'est pas moi qui vais le porter, heureusement.

Sa remarque inquiéta Jaboterne, qui se tourna aussitôt vers Sept.

— Les rapaces étaient présents hier à la session, ils savent que nous sommes en mission officielle, ils ne s'attaqueront pas à nous, décréta Sept.

Mais elle ne paraissait pas aussi sûre d'elle que sa phrase le sous-entendait. Jaboterne n'eut pas le temps de creuser le sujet, car Sept ajouta sans transition :

— Bon, Jaboterne, à toi de jouer.

— Je fais quoi ? demanda celui-ci, interloqué.

— C'est toi le porteur de la pochette, répondit Sept. Va la chercher.

Son ton péremptoire ne laissait aucune chance au faible caractère de Jaboterne. Il regarda la corneille, puis la pochette, puis de nouveau la corneille, et enfin décolla du lampadaire sans discuter.

« Un plongeon rapide et hop ! Les humains n'y verront que du feu », se convainquit-il. Il fit quelques battements d'ailes et décida de survoler une première fois sa cible, pour établir un *modus operandi*. L'opération ne semblait de fait pas excessivement compliquée : l'humain qui gardait la table était en train de caqueter avec un autre humain et ne prêtait aucune attention au panier en osier. Jaboterne passa au-dessus du crâne chauve de l'un et de la casquette de l'autre sans qu'ils le remarquent. Il y avait d'autres deux-pattes-sans-ailes dans les parages, mais ils étaient tous occupés à examiner des objets ou à se croiser dans les allées étroites en faisant des « pardon, excusez-moi, après vous, non mais je vous en prie ». Jaboterne arriva au bout de la place, vira de bord et revint vers la table. La pochette se trouvait toujours dans le panier, reflétant sur son revêtement en plastique rose les rayons d'une éclaircie qui venait de trouer le ciel nuageux. Alors qu'il n'était plus qu'à quelques battements, Jaboterne prit une profonde inspiration. Puis il bascula en avant et fondit sur son objectif, ailes repliées contre son corps, tel un rapace en pleine attaque.

Il avait cette image-là en tête avant d'exécuter sa manœuvre, et sans doute aurait-il dû s'entraîner un peu avant, car, au lieu d'attraper le cordon avec ses pattes et de repartir avec, comme il l'avait imaginé, il rata son coup et percuta le panier de plein fouet. Le panier bascula sur le côté, déversant son contenu sur Jaboterne, qui se retrouva à moitié aveuglé par les colliers roses. Il essaya de décoller, mais les babioles s'étaient accrochées à ses ailes et à son cou, le clouant sur la table.

Autour de lui, les humains s'étaient mis à crailler ; Jaboterne tenta de s'enfuir de la table sur ses pattes, mais il ne réussit qu'à renverser un peu plus de bazar, décuplant les hurlements des deux-pattes-sans-ailes[21]. Malgré la confusion ambiante, il vit l'humain chauve qui gardait la table se précipiter sur lui en brandissant un long objet poilu[22]. Jaboterne agita vainement ses ailes alourdies par les colliers et abattit quelques piles de vaisselle. Sa panique s'était soudain doublée de la conviction sereine que sa dernière heure était arrivée et qu'elle était aussi risible que le reste de son existence.

C'est alors que plusieurs choses se déroulèrent en même temps. Une boule de plumes marron fonça dans la tête de l'humain chauve en piaillant avec un volume sonore digne des pires klaxons de Brussailes. L'attaque aérienne détourna l'attention du public[23], qui ne vit pas une corneille atterrir à côté du pigeon responsable du carnage.

— Mais-quelle-bande-d'ailes-cassées, siffla Sept en arrachant un à un avec son bec les colliers qui entravaient Jaboterne.

Tandis que Chantperdu continuait ses attaques en esquivant les coups de balai avec l'adresse d'un grand voltigeur,

21 - ***L'humain à la casquette, notamment, avait une phobie des oiseaux et se crut propulsé dans un film d'Hitchcock.***

22 - ***Il s'agissait d'un balai.***

23 - ***L'humain à la casquette faillit s'évanouir de terreur. Il était à présent en train de vivre Pearl Harbor, côté américain.***

Sept acheva de libérer Jaboterne, qui se redressa tant bien que mal, sonné. Alors qu'il ouvrait le bec pour la remercier, la corneille glapit :

— La pochette, vite, et on dégage !

Jaboterne repéra le rectangle rose, échoué à côté de lui. Il attrapa le cordon avec une patte et s'élança hors de la table, évitant de justesse un coup de balai rasant, qui explosa un délicat objet de porcelaine[24]. Volant à tire-d'aile, il louvoya entre les badauds ameutés par les cris, raccrocha l'ombre noire de Sept qui s'enfuyait au-dessus de lui et quitta la place en sa compagnie. Quelques instants plus tard, Chantperdu les rejoignit en vol, le plumage en pétard mais l'air très content de lui.

— C'était génial ! On recommence ?

24 - ***La fameuse soupière.***

Chapitre 5

L'ATTAQUE DE LA GRAND-PLACE

OÙ

Jaboterne perd un de ses compagnons

repliées autour de son corps, comme si elle réfléchissait. Une réflexion très intense et très sombre, que Jaboterne prit garde à ne pas déranger.

— Bon, finit-elle par dire en redressant le bec, la journée est déjà bien avancée et on a un long vol qui nous attend pour aller jusqu'à la colonie des perruches. Laissons cela à demain. Je propose qu'on se sépare pour se restaurer, chacun de son côté, et qu'on se retrouve ici dans une heure. On cherchera ensemble un endroit pour dormir ce soir.

Chantperdu et Jaboterne hochèrent la tête de concert. Jaboterne était soulagé de voir qu'elle n'insistait pas pour dissoudre l'équipe – même si, à bien y regarder, ça n'arrangeait pas ses affaires.

— Je fais quoi de la pochette ? demanda-t-il en désignant le rectangle de plastique rose posé à côté de lui, sur le chapeau en pierre de la lucarne.

— Laisse-la ici, sur le toit, tu la récupéreras tout à l'heure, répondit Sept. Vu tes exploits d'aujourd'hui, il vaut mieux ne pas te laisser seul avec, ajouta-t-elle d'un ton grinçant.

Le toit de l'hôtel de ville de Brussailes est surmonté d'une impressionnante flèche gothique, une vraie dentelle de pierre, offrant une vue imprenable sur le centre. Les deux rapaces s'étaient juchés tout en haut, sur une statue dorée que les humains avaient plantée à son sommet[26]. Depuis leur perchoir, ils virent le rouge-gorge et le pigeon s'envoler. La corneille resta en arrière, à côté de la pochette, et les regarda disparaître dans l'angle des rues qui irriguaient la Grand-Place.

— C'est le moment, dit le faucon. On règle son compte vite fait bien fait à la corneille, et quand les deux autres reviennent on en prend un chacun.

Jaboterne avait souvent entendu parler du centre-ville, mais il n'y était jamais allé. Son secteur, c'était la place Jourdan, et les pigeons ne s'éloignent jamais trop de leur secteur[27]. Il n'était toutefois pas mécontent de découvrir cette partie de Brussailes, réputée comme étant un paradis à frites, gaufres et chocolat, un aller simple vers la mort par diabète.

Les rues étaient plus étroites que dans son quartier natal, les humains plus nombreux et plus bruyants. Il y avait cependant moins de vrombes ; la plupart des

26 - Saint Michel, protecteur de la ville, en train de terrasser un dragon. L'épervière s'était juchée sur l'épée brandie par l'ange et le faucon sur la croix ceinte sur sa tête.

27 - Ils aiment la prévisibilité, savoir quelle grand-mère donne du pain à quelle heure, quand passe le ramassage des poubelles, quelles sont les rues où les humains donnent des coups d'accélérateur, quels arbres fournissent des abris confortables pour la nuit et où se forment les bonnes flaques d'eau claire pour se désaltérer après la pluie. Tout cela suppose de ne pas trop s'éloigner de chez soi.

venelles en étaient carrément dépourvues. Les façades de brique et de pierre présentaient tout un tas de corniches, de sculptures et de crénelures sur lesquelles il aurait été agréable de se poser, s'il n'y avait pas eu ces fichus pics anti-pigeons. Plus bas, au niveau de la chaussée, elles se déclinaient en devantures innombrables et lumineuses où des monticules de nourriture (surtout du chocolat) tentaient passereaux et passants derrière leurs vitrines flamboyantes. Jaboterne se mit à voleter au-dessus du flot humain qui s'écoulait dans les rues, l'œil alerte, prêt à plonger sur la moindre frite, gaufre ou praline qu'il repérerait par terre.

En une heure de temps, il trouva largement de quoi se sustenter. Alors qu'il revenait vers le toit de l'hôtel de ville, l'estomac lesté, Chantperdu le fit sursauter en surgissant soudain d'une ruelle qu'il survolait. Il avait l'air grognon d'un oiseau qui n'a pas mangé à sa faim.

— Rien à becqueter, dans ce quartier de malheur, grommela-t-il. Pas une limace ni un escargot à l'horizon, que de l'humain partout, c'est à peine si j'ai réussi à gober une araignée et trois mouches[28]… Où est Sept ?

Ils étaient en effet arrivés au-dessus du toit de l'hôtel de ville, mais la corneille n'était nulle part en vue. Tandis que Jaboterne se posait sur la lucarne où ils s'étaient séparés

28 - ***En alimentation comme ailleurs, les rouges-gorges sont plus snobs que les pigeons. Il ne leur faut que du frais, du remuant et du croustillant.***

une heure plus tôt, Chantperdu resta en vol et suivit le tracé rectangulaire du toit pour voir si Sept ne les attendait pas un peu plus loin.

— Elle doit être en retard, dit-il en revenant atterrir à côté de Jaboterne. Typique des corneilles, ça. Faites ce que je dis mais pas ce que je fais.

— La pochette a disparu, remarqua alors Jaboterne.

Le morceau de plastique rose n'était en effet plus à l'endroit où il l'avait laissé. Il se demandait avec inquiétude si Sept allait lui reprocher la perte de la pochette, quand un grand cri rocailleux les fit sursauter. Ils levèrent le bec vers la Grand-Place et virent alors une scène qui les liquéfia de terreur.

Sept était aux prises avec deux énormes rapaces, qui tournoyaient dans les airs autour d'elle en essayant de l'épingler de leurs serres. Les oiseaux de proie brassaient l'air avec une telle force qu'elle semblait lutter pour rester en vol à chaque bourrasque qu'ils déclenchaient. Ils ne cessaient de plonger vers elle, encore et encore, et chaque fois Sept les évitait de justesse en se laissant chuter comme une pierre ou en reprenant soudain de l'altitude. On voyait cependant qu'elle était à bout ; sa serre droite, qui retenait la pochette, tremblait d'épuisement.

Le faucon et l'épervière – une étrange alliance de prédateurs – tentèrent de la bloquer en lançant une attaque

coordonnée, mais Sept parvint de nouveau à les esquiver. Un râle de douleur lui échappa lorsque le talon du faucon ripa sur son aile, arrachant une longue plume noire qui virevolta vers le sol. En bas, sur la place, les humains avaient cessé de parader devant leurs boîtiers lumineux et tournaient ceux-ci vers le ciel en poussant des cris d'orfraie, la bouche ouverte comme des oisillons affamés.

Jaboterne en était encore à contempler la scène d'un air ahuri quand il vit soudain une petite boule de plumes percuter l'épervière en pleine tête. Le choc fut tel que Chantperdu rebondit sur le rapace et se mit à planer en zigzag, l'air sonné.

« Mais quel cinglé ! Mais qu'est-ce que je fais ici, moi ! » pensa Jaboterne en décollant à son tour, les ailes flageolant de trouille.

L'épervière s'était désintéressée de Sept pour poursuivre Chantperdu, qui volait toujours de travers. Les déplacements du rouge-gorge étaient devenus tellement aléatoires qu'il évita deux fois les serres de sa poursuivante sans s'en rendre compte. Pendant ce temps, Sept était toujours aux prises avec le faucon. Alors que le rapace reprenait de la hauteur pour fondre sur elle en piqué, Jaboterne passa en trombe devant la corneille en criant :

— Suis-moi !

Il n'avait jamais donné un ordre à quiconque de sa vie et s'étonna de découvrir qu'il pouvait faire preuve d'autorité.

Sept, au bord de l'asphyxie, se cala dans son sillage sans poser de question.

Le problème, quand on fait usage d'autorité, c'est qu'on est responsable des décisions ensuite. Jaboterne n'avait aucune idée de comment ils allaient se tirer tous les deux de là. La seule chose qu'il savait, c'était qu'ils devaient absolument quitter la Grand-Place, où l'espace dégagé faisait d'eux des cibles faciles pour un faucon.

Il bascula en avant et entraîna Sept dans un vol au ras du pavé. Zigzaguant entre les humains, qui n'en finissaient plus de piailler[29], il s'engouffra dans une des venelles qui donnaient sur la Grand-Place, puis remonta la rue suivante, toujours en rase-mottes. Un coup d'œil vers le ciel l'informa que le faucon leur filait le train, à quelques battements d'ailes au-dessus d'eux.

Durant son heure passée à chasser de la frite, Jaboterne avait eu le temps de repérer les lieux. Alors que la masse grise du faucon fondait sur lui, serres en avant, il bifurqua soudain sur la gauche, entraînant Sept avec lui vers une sorte de grande rue couverte d'une verrière[30]. Derrière eux, le faucon se rétablit en catastrophe et reprit de l'altitude avec toute la puissance de ses ailes pour ne pas s'exploser le bec sur le sol.

29 - ***Plus tard, une vidéo intitulée « Pigeon et corbeau versus faucon sur la Grand-Place : DINGUE !!! » fut lâchée sur internet et récolta plusieurs dizaines de milliers de vues.***

30 - ***Il s'agissait de la galerie de la Reine.***

Sept et Jaboterne filèrent dans la rue couverte, qui ressemblait à une rue ordinaire, à part que les devantures étaient plus chatoyantes, le sol plus propre et les façades plus symétriques. Ils se réfugièrent, pantois, sur un rebord de fenêtre au premier étage, la tête tournée vers l'entrée en arc de cercle par laquelle ils étaient passés. Le faucon n'était nulle part en vue. Jaboterne avait l'impression qu'un pivert lui martelait les côtes tant son cœur battait vite.

Soudain, une ombre noire occulta les rayons de soleil qui filtraient à travers la verrière poussiéreuse. Ils levèrent les yeux et virent le faucon passer au-dessus d'eux, opérer un demi-tour et revenir planer en cercle à la verticale, terriblement menaçant malgré la vitre qui les protégeait de lui.

— Il n'ose pas entrer comme nous dans la galerie, analysa Sept, à bout de souffle. Trop d'humains.

Jaboterne opina du chef, sans pouvoir détacher son œil du faucon qui les observait, visiblement contrarié que son dîner ait trouvé un refuge. Puis il se souvint du rouge-gorge et lança à Sept :

— Il faut qu'on aille aider Chantperdu, l'épervière l'a pris en chasse !

— Laisse tomber, il a déjà fini dans son gosier à l'heure qu'il est.

Interloqué, Jaboterne mit plusieurs secondes avant d'objecter :

— Mais on ne sait pas, peut-être qu'il a réussi à s'en tirer…

— Un rouge-gorge face à une épervière, il n'avait aucune chance, décréta Sept. Elles sont spécialistes de la chasse aux petits passereaux. Nous, on a eu de la chance de s'en tirer face au faucon grâce au rase-mottes, mais si on sort d'ici, il nous boulottera direct.

Son verdict semblait sans appel.

— Je n'aurais pas pensé qu'un piaf comme lui pourrait être aussi téméraire, ajouta-t-elle.

Sept avait dit cela d'un ton froid, mais Jaboterne sentit un trouble derrière son apparente résignation. Lui-même avait l'impression qu'une grosse boule de frites mal digérées lui bloquait le jabot. Il repensa à Chantperdu, à sa passion pour son territoire et à sa témérité. Un roucoulement lugubre s'échappa de son bec et roula dans la galerie.

Ils restèrent silencieux pendant un long moment, un œil sur le faucon qui continuait de les guetter. Jaboterne regardait par moments les autres entrées de la rue couverte (il y en avait plusieurs, deux dans l'allée principale et deux dans les galeries adjacentes), mais il ne vit que des humains qui allaient et venaient d'une vitrine à l'autre, de grandes *pochettes* à la main. Ses derniers espoirs furent douchés lorsque la silhouette de l'épervière apparut dans le ciel, aux côtés du faucon. Elle avait du sang sur les serres.

Chapitre 6

FUITE NOCTURNE

OÙ

Jaboterne découvre à ses dépens que, dans la vie, il vaut parfois mieux être perché

Le jour commençait à décliner, peignant d'or et d'ocre les nuages qu'on apercevait derrière la verrière. Les rapaces continuaient de planer au-dessus d'eux, à tel point que Jaboterne finit par demander :

— Je ne comprends pas pourquoi ils sont toujours là. C'est vrai, quoi, il y a d'autres oiseaux à manger dans cette ville… Et tu avais dit que les rapaces ne s'en prendraient pas à nous, à cause de la mission.

Il avait ajouté cette dernière phrase avec une pointe d'accusation, car après tout Sept leur avait donné un faux sentiment de sécurité, à Chantperdu et à lui.

— Je me suis trompée, répondit la corneille d'un ton impatient, comme si c'était la faute de Jaboterne de lui avoir fait confiance. Non seulement la mission ne nous protège pas des rapaces, mais en plus il semble qu'on soit devenus leurs cibles à cause d'elle.

— Mais pourquoi ? demanda Jaboterne, atterré.

Il avait déjà du mal à concevoir comment il allait survivre à deux rapaces, alors s'il fallait maintenant affronter tous les oiseaux de proie de Brussailes…

— Ils adorent manger de la perruche et ils ne veulent pas que le Parlement les expulse de Brussailes, s'il s'avère qu'elles sont bien les voleuses d'œufs, répondit Sept. Maintenant qu'ils savent… qu'on sait… qu'ils nous ont attaqués pour faire capoter la mission, ils vont vouloir nous éliminer à tout prix, pour qu'on ne témoigne pas de leurs agissements devant le Parlement.

Jaboterne se dit qu'il allait finir en charpie comme Chantperdu. De pigeon lambda, il était devenu trophée de chasse. Le genre de promotion qu'aucun oiseau n'a envie de décrocher.

— Ils s'en vont ! s'exclama-t-il.

Les deux rapaces s'éloignaient en effet, avec le battement d'ailes nonchalant des seigneurs du ciel qui n'ont aucun prédateur à redouter. Sept s'envola pour se rapprocher de la verrière et les observer partir.

— Ils ne pouvaient pas planer indéfiniment, dit-elle en revenant se poser auprès de Jaboterne. Mais tu peux être certain qu'ils sont allés se percher quelque part dans le coin pour nous prendre en chasse dès qu'on mettra le bec dehors. On va attendre le crépuscule pour sortir et trouver un autre endroit où dormir.

— On pourrait être plumés par des hiboux ou des chouettes, fit remarquer Jaboterne.

— On restera à hauteur d'humain alors, près du sol. Mieux vaut risquer une attaque de chat qu'une attaque de grand-duc.

Sept se tut un instant, tripota le cordon de la pochette avec sa patte, l'air absorbé, puis se tourna vers lui :

— Tu es sûr de vouloir continuer la mission ? Je peux emmener la pochette jusqu'aux perruches et rapporter les écailles seule. Je n'ai pas besoin de toi.

Sa dernière remarque aurait vexé plus d'un oiseau, mais sa sollicitude semblait sincère. Jaboterne enfonça son bec dans son jabot.

— Oui, dit-il.

Ce n'était pas par fierté qu'il souhaitait continuer – il n'en avait pas –, mais par respect pour la mémoire de Chantperdu. Le rouge-gorge lui avait sauvé la mise, la moindre des choses était qu'il mène à bien la mission. Sept acquiesça, l'air déçu, puis fourra sa tête dans son aile et marmonna :

— Je vais piquer un somme en attendant.

Le soir arriva, tirant son manteau sombre sur la ville. La nuit ne parvenait toutefois pas à s'installer, repoussée par la lueur des lampadaires, des maisons, des vitrines, des phares de voitures, bref des mille et un petits soleils que les humains aiment allumer pour empiéter sur le territoire des oiseaux nocturnes et gâcher le sommeil de ceux qui devraient dormir. Même le ciel semblait lutter pour faire régner sa noirceur et ses étoiles sur le halo grisâtre qui résultait de cette frénésie lumineuse. Dans la galerie, le crépuscule n'avait pas court, tant l'endroit était illuminé.

Au bout d'un certain temps, les humains postés derrière les vitrines se mirent à dérouler d'énormes feuilles métalliques devant leurs devantures, tous en même temps. Comme si elle attendait ce signal, Sept retira soudain sa tête de sous son aile, ébouriffa ses plumes et dit :

— Allons-y.

Ils décollèrent de leur perchoir et atterrirent à l'entrée de la galerie, face au flot d'humains qui descendaient à présent vers les restaurants et les bars du centre-ville. Il n'y avait pas de prédateurs en vue, mais les lumières artificielles les éblouissaient trop pour leur permettre de scruter le ciel. Sept s'envola et remonta le flux des badauds en veillant à ne pas passer au-dessus de leurs têtes, la pochette pendulant à sa patte. Jaboterne songea qu'il s'était engagé à la porter, mais il n'était pas mécontent de la lui laisser. La corneille se posa sur une poubelle, de l'autre côté de la rue, et Jaboterne ne tarda pas à la rejoindre en rase-mottes.

À coup de sauts de puce, ils s'éloignèrent du centre-ville. Jaboterne ne s'était jamais déplacé aussi lentement, et pourtant ce trajet lui sembla être le plus éprouvant qu'il ait fait de sa vie. À chaque seconde, il redoutait de sentir la tenaille des serres d'une chouette hulotte. Il devait porter une attention extrême à sa trajectoire, car les humains surgissaient de partout, tels des monstres dégingandés aux têtes disproportionnées et aux membres ballants. Les lumières lui donnaient le tournis, son cœur palpitait trop vite et son rythme circadien le pressait de trouver une branche pour dormir. Il avait l'impression d'être ivre comme un merle en hiver qui aurait abusé de baies fermentées.

Sept avait pris de l'avance, beaucoup d'avance. Sa silhouette n'était plus qu'un fragment de nuit tout au bout du tunnel de lumières qu'était devenue la rue. Elle s'était perchée sur un banc et regardait Jaboterne. Malgré la distance, ce dernier lut quelque chose d'étrange dans son regard, comme une hésitation, vite balayée. Sept s'envola du banc sans l'attendre, disparaissant à l'angle de la rue.

Jaboterne s'arrêta, désemparé, soudain envahi par l'idée saugrenue qu'elle avait décidé de le semer. C'était idiot, voyons, pourquoi aurait-elle fait cela ? Au prix d'un gros effort, il vola jusqu'au bout de la chaussée avec l'espoir de retrouver la corneille au carrefour suivant. L'intersection révéla une grande place qui grimpait vers une butte surplombée de hauts bâtiments. Elle était occupée en son milieu par un square qui camouflait une bouche de métro. Sept n'était nulle part en vue. Jaboterne fit des allers-retours sur les pavés, manquant à plusieurs reprises de se faire écraser par des humains. L'esprit embué, il finit par aller se réfugier sous une petite haie qui bordait le square. Les feuilles des troènes cachaient l'échantillon habituel de canettes aplaties, capsules de bière et préservatifs usagés[31] qui jonchent chaque parc du monde.

Jaboterne ferma les yeux pour laisser à sa cervelle d'oiseau le temps de se remettre à fonctionner, après l'éblouissement éprouvant qu'il venait de subir.

31 - ***Et après on ose dire que les pigeons sont sales.***

Pour une raison qu'il ignorait, Sept avait décidé de lui fausser compagnie. Il était donc seul, dans un quartier étranger, après avoir perdu un compagnon dans une attaque de rapaces. Ce bilan lui flanquait une frousse monstrueuse. Il aurait volontiers troqué toutes les frites du monde contre la possibilité de revenir une journée en arrière, au moment où il s'était attardé devant une flaque d'eau juste assez longtemps pour se faire embarquer dans cette histoire.

Mais il avait été chargé d'une mission, et il s'en acquitterait, avec ou sans Sept, vaille que vaille. Il se pouffa* pour se préparer à dormir. En temps normal, il aurait passé la nuit dans un dortoir à pigeons, mais il ne savait pas où se cachaient ceux du quartier, et il ne risquait pas de tomber sur un congénère encore éveillé à une heure pareille pour lui indiquer le chemin. Il dormirait donc dans ce square et se rendrait à la première heure le lendemain à la colonie des perruches, vers la forêt de Soignes.

Empli de cette nouvelle détermination, il s'endormit.

… Et se réveilla quelques minutes plus tard avec une douleur horrible dans la nuque et la sensation qu'une vrombe lui avait roulé dessus. Une chose puante et poilue était en train de l'étouffer avec ses crocs et le maintenait au sol entre ses pattes griffues. Au bord de l'inconscience, Jaboterne réalisa à quoi il avait affaire : un chat !

Chapitre 7

L'EFFAROUCHEMENT

OÙ

Sept revient sur une décision

On l'aura compris, quelque chose clochait chez Sept.

Comme Jaboterne le suspectait, elle lui avait bien faussé compagnie, après avoir tenté sans succès de le convaincre d'abandonner la mission. Les raisons de son attitude mystérieuse seront expliquées plus tard. En attendant, concentrons-nous sur les actions de notre corneille.

Le plan de Sept, à l'origine, était de profiter du chaos nocturne du centre-ville pour abandonner le pigeon et mettre le cap en solo sur la colonie des perruches. Elle avait donc creusé l'écart, avec juste assez de lenteur pour pouvoir plus tard prétexter un malentendu si d'aventure Jaboterne venait à se plaindre au Parlement des Oiseaux[32]. Malgré l'estafilade brûlante que lui avait laissée sur l'aile son échauffourée avec le faucon, elle n'avait eu aucun mal à distancer le pigeon.

Seulement, au moment où elle s'apprêtait à le larguer tout à fait, elle s'était retournée une dernière fois pour s'assurer qu'il était loin derrière. Jaboterne tentait péniblement de la rejoindre, avec son air ballot de colombidé azimuté par les lumières humaines, et, comment dire ?

Elle avait eu pitié.

32 - ***Elle avait assez peu d'inquiétudes à ce sujet, toutefois. Les pigeons ne sont vraiment pas vindicatifs.***

Un sentiment d'autant plus embarrassant qu'elle faisait partie d'une famille d'oiseaux qui respectait les pigeons à peu près autant qu'un sac-poubelle laissé dans la rue la veille d'un ramassage d'ordures[33]. Et on ne pouvait pas dire que l'acuité de Jaboterne avait fait remonter l'espèce dans l'estime de Sept. Mais il lui avait sauvé la mise face aux rapaces, et ça, ça lui avait coincé un caillou dans le gosier : elle avait une dette envers lui.

33 - *C'est-à-dire pas du tout.*

Au lieu de filer direct vers les faubourgs, elle était allée se jucher sur un rebord de fenêtre préservé des lumières humaines, tablant sur le contre-jour et sur son plumage noir pour rester dissimulée. « Je vérifie juste que ce fichu pigeon se met à l'abri pour la nuit, et ensuite cap sur les perruches », s'était-elle dit.

Ça avait mal commencé : Jaboterne avait passé un long moment à tourner en rond en regardant partout, hochant la tête au gré de ses petits pas précipités (Sept avait toujours trouvé cette façon de trotter ridicule, rien à voir avec la marche souple et longue des corneilles). Puis, au lieu de se percher sur un des arbres voisins pour dormir, comme le ferait un oiseau sain d'esprit, il s'était couché à même le sol, s'exposant ainsi à tous les prédateurs terrestres de l'Éclosion.

Quittons l'imparfait pour vivre en direct les émotions de Sept.

« Mais il se prend pour une perdrix ou quoi ? Il ne va pas dormir par terre, quand même ? »

Là-bas dans le square, Jaboterne ferma les yeux.

« Non mais ce n'est pas possible, quel imbécile ! »

Alors que les pigeons poursuivaient leur plongée abyssale dans le respect de Sept, Miminou, un chat tigré angora du genre sanguinaire, qui possédait une humaine et un appartement donnant sur le square, apparut au détour d'une poubelle. Lassé par les croquettes que lui servait son humaine[34], il lui avait faussé compagnie plus tôt dans la journée, profitant d'une fenêtre laissée ouverte pour passer par les toits. Depuis cette escapade, il tentait d'assouvir ses pulsions de chasseur en courant après les rats du centre-ville. Sa vie de chat d'appartement l'avait toutefois rendu particulièrement malhabile à la chasse aux rongeurs[35].

Frustré par ces échecs, il s'en retournait vers son logis douillet, songeant aux croquettes (qui ma foi n'avaient pas si mauvais goût que ça, surtout quand son humaine y ajoutait des petits bouts de jambon), lorsqu'il avisa le jeune pigeon couché sous les troènes. Ses yeux s'étrécirent.

Depuis son perchoir, Sept le vit s'approcher de sa proie en courbant l'échine. Elle se balança d'une patte sur l'autre, hésitant sur la conduite à tenir, sans lâcher

34 - *Slim Cat Pro©, spécial régime pour mâle adulte stérilisé.*

35 - *L'un d'eux l'avait même mordu, laissant une blessure à vif dans son ego de félin.*

du regard le félin qui continuait sa progression silencieuse. Il posait chaque coussinet avec une douceur duveteuse, le corps tendu vers Jaboterne.

Sept émit un bref croassement dans l'espoir que cela réveillerait le pigeon, là-bas dans le square. Il ne bougea pas d'une plume. Arrivé à quelques pas de sa cible, le chat se ramassa sur lui-même tandis que sa queue fouettait l'air d'excitation.

« Allez, réveille-toi, imbécile ! » pesta Sept intérieurement.

Elle s'envola au moment où Miminou bondissait, toutes griffes dehors, sur le pigeon.

Les corneilles ont l'habitude d'expulser les chats qui s'approchent trop près de leur couvée par une technique simple, mais efficace, appelée effarouchement, qui consiste à faire des plongeons en croaillant pour éloigner l'intrus. Sept n'avait plus de nid à défendre, mais Jaboterne était ce qui s'approchait le plus à ses yeux d'un oisillon impotent.

Elle fonça sur Miminou tandis que celui-ci affermissait sa prise sur Jaboterne, les crocs enfoncés dans son cou et les griffes plantées sur son dos. Étouffé par la morsure et le poids du félin, le pigeon ne remarqua pas la première attaque en piqué de Sept, qui frôla son agresseur en poussant un cri rauque. La gueule toujours enfouie dans les plumes de Jaboterne, Miminou leva les yeux et vit l'ombre menaçante de Sept revenir à la charge.

Comme sa proie semblait bien occise[36], il lui lâcha le cou et envoya un coup de griffes à la corneille, gardant son autre patte sur le pigeon. Sept dévia de sa trajectoire pour atterrir en catastrophe à quelques battements d'ailes de là. Son adversaire avait réussi à lui écorcher le coin du bec. Une goutte de sang perla, obstruant son champ de vision. Elle s'en débarrassa en secouant la tête. L'affaire venait de prendre un tour très personnel.

Comme il était toutefois hors de question de risquer une nouvelle blessure pour un pigeon, elle se mit à sautiller autour du chat pour le harceler, s'approchant assez près pour le menacer de son bec sans pour autant s'exposer à un coup de patte. Les poils du matou se hérissèrent et son corps s'arqua au-dessus de Jaboterne.

— Qu'est-ce que tu me veux, sale corbac ? Dégage de là !

— Libère le pigeon et je te fiche la paix, répondit Sept en faisant mine d'attaquer la queue de son adversaire.

Prise d'une soudaine inspiration, elle logea un caillou dans son bec, s'envola avec et le lâcha sur le dos du félin, qui s'aplatit aussitôt. D'autres jets de pierre suivirent, toujours plus précis[37]. Sous le feu de ce bombardement, Miminou lui feulait des injures grossières[38].

36 - ***Jaboterne remuait une aile faiblarde, pour la forme, mais il avait déjà accepté l'idée de finir en pâté.***

37 - ***On ne mentionnera pas le caillou qui atterrit par inadvertance sur la calotte de Jaboterne. Tout conflit comporte des dommages collatéraux.***

38 - ***Comme des enfants pourraient lire cette histoire un jour, disons que ces insultes évoquaient le cloaque de Sept et ceux de sa descendance sur neuf générations.***

Concentré sur Sept, le chat avait quelque peu oublié sa proie. À présent qu'il n'avait plus la gorge comprimée par des crocs, Jaboterne commençait à reprendre conscience. Il eut la présence d'esprit de ne pas s'agiter et se contenta d'échanger un regard avec Sept, qui continuait de marteler le chat avec ses cailloux.

Alors que la corneille revenait à la charge, Jaboterne déploya soudain ses ailes, envoyant valser la patte qui le retenait, et décolla. Le chat bondit en l'air pour le rattraper, mais ses griffes brassèrent du vide. Jaboterne se dépêcha de gagner une branche en utilisant tout ce qui lui restait d'énergie pour ne pas perdre connaissance et réussir son atterrissage. Sept le rejoignit un instant plus tard, le souffle court. Perchés côte à côte, ils virent le félin s'avancer dans la flaque de lumière laissée par un lampadaire et leur adresser un regard assassin.

— On se reverra, la corneille, prédit-il.

Sept se contenta d'émettre un croaillement sinistre et moqueur tandis que le chat disparaissait dans l'obscurité, la queue dressée avec dignité.

Jaboterne s'ébroua pour permettre au sang de circuler dans ses ailes traumatisées. La morsure du chat avait laissé deux points sanglants sur son cou. Il n'en revenait pas d'être vivant.

— Tu m'as sauvé ! s'écria-t-il d'un ton extatique en se tournant vers Sept.

— Quel sens de l'observation, répondit la corneille (elle regrettait soudain son élan d'héroïsme).

— Dire que j'ai cru que tu m'avais laissé tomber, continua Jaboterne en secouant la tête, atterré par sa propre incroyance.

— Ça aurait été horrible de ma part, marmonna Sept (la culpabilité commençait à lui titiller le gésier).

— Je n'arrive pas à croire que j'ai douté de toi !

— Le doute est une saine disposition d'esprit, assura Sept.

— Je me disais bien que je vous avais entendus piailler !

Sept et Jaboterne levèrent la tête de concert ; une silhouette rondelette venait d'apparaître en voletant au-dessus d'eux, entre les branches du mûrier blanc sur lequel ils s'étaient perchés. Dans la lueur du lampadaire, son plastron vermillon projetait des éclats orangés.

— Chantperdu !

Chapitre 8

LES OISEAUX DES FALAISES

OÙ

l'on apprend ce qui est arrivé à Chantperdu et où l'on devise sur l'hérédité

— Attendez, vous avez cru que je m'étais fait boulotter par cette épervière ? Non mais je l'ai tracée !

— Tu as tracé une épervière, répéta Sept, sceptique.

— Oui, enfin, bon, j'ai eu de la chance, convint Chantperdu. Quand elle m'a pris en chasse, j'étais un peu paniqué, alors j'ai foncé vers un trou de façade…

— Une fenêtre, conceptualisa Sept.

— Et d'habitude, quand on entre dans ces fenêtres, on rebondit et ça fait fauconnement mal, mais là, je sais pas pourquoi, j'ai pu entrer direct dans l'habitat des humains !

— La fenêtre était ouverte, expliqua Sept.

— À l'intérieur ça faisait comme un nid d'hirondelle, mais en plus grand. Il y avait des sortes de lampadaires accrochés au plafond…

— Des lustres.

— Et des humains assis en petits ronds qui se goinfraient comme des mésanges sur une mangeoire en hiver…

— Un restaurant.

— Bref, je suis entré là-dedans avec l'épervière à mes trousses et les humains se sont mis à crailler. L'épervière a paniqué à son tour et essayé de repartir, mais elle s'est cognée dans les murs – je crois qu'elle s'est amochée d'ailleurs, bien fait. Finalement elle s'est débinée par la fenêtre. Moi je me suis perché sur un des lustres et, bon, j'avoue, j'étais pas à l'aise, ça puait l'humain et tout, mais je me suis dit qu'il valait mieux affronter les deux-pattes-sans-ailes plutôt que de se coltiner à nouveau l'épervière. D'ailleurs les humains étaient plutôt chouettes. Ils se sont mis à gazouiller – je crois qu'ils me trouvaient très beau, mais j'ai envie de dire, normal, quoi, se rengorgea Chantperdu[39].

— …

— Ils ont même fait des offrandes de pain, ces dindes. J'ai eu beau leur signifier que je ne graillais pas ce genre de cochonneries, ils n'ont pas été fichus de me ramener un petit coléoptère. Bref, je suis resté un moment là-bas, puis je suis sorti par la fenêtre quand il a commencé à faire nuit. Ensuite j'ai tourné en rond dans ce quartier de malheur, et je venais de me résigner à retourner vers mon territoire quand que je vous ai entendus ! Qu'est-ce que je suis content de vous avoir enfin retrouvés.

39 - ***Quelques mois plus tard, le gérant du restaurant racheta le fonds de commerce à son propriétaire, et décida de rebaptiser la maison « À l'oiseau perdu ».***

Jaboterne avait soudain oublié la morsure du chat, l'attaque des rapaces, la fatigue, les brimades et la mission. Le sauvetage de Sept et le retour inespéré du rouge-gorge avaient regonflé sa poitrine à bloc. Il résuma leurs dernières mésaventures à Chantperdu, qui leur demandait ce qu'ils avaient bien pu trafiquer pendant son absence. Le rouge-gorge se lamenta de n'avoir pas été là pour se joindre à la bagarre contre le chat. Sept finit par interrompre ces effusions d'un croassement d'outre-tombe :

— Bon, on est à nouveau réunis, youpi tralala c'est mirifique. On ne va pas rester perchés ici toute la nuit dans la lumière du lampadaire. Allons trouver un endroit correct où dormir.

Loin de le refroidir, son commentaire décupla l'enthousiasme de Chantperdu.

— Cette bonne vieille Sept, toujours aussi autoritaire ! lança-t-il à Jaboterne.

Ce dernier ne se serait jamais risqué à qualifier Sept de « bonne » ou de « vieille », mais le rouge-gorge avait démontré qu'il n'avait aucun instinct de préservation. Heureusement pour lui, la corneille s'était déjà éloignée en planant vers la chaussée. Ils décollèrent pour la rejoindre. Sept semblait résignée à devoir supporter ses coéquipiers un peu plus longtemps. Jaboterne eut la vague impression qu'elle évitait les vols battus, comme si son aile droite, éraflée par le faucon, était flancheuse*. La corneille ne se plaignait pourtant pas. Il s'efforça de prendre exemple sur elle et de suivre le rythme, cette fois-ci.

Cahin-caha, à coups de zigzags en rase-mottes entre les vrombes, ils arrivèrent devant une grande église dont la forme blafarde se détachait des rues enténébrées. Quelques humains juvéniles jacassaient devant le parvis, en se passant un petit rouleau de feuilles qui dégageait une odeur douceâtre. Deux autres se bécotaient avec passion sur un banc. Un troisième, la démarche vacillante, parlait tout seul à un arbre en faisant de grands moulinets de bras. Jaboterne ne comprenait toujours rien aux comportements humains, mais il trouvait l'espèce fascinante. Sept interrompit son observation éthologique :

— On va se jouquer* là-haut, dit-elle en désignant la tour de l'église, coiffée d'un clocher en ardoise et de quatre petits clochetons.

Une corniche, que Jaboterne trouva prometteuse[40], marquait la jonction entre la tour et le clocher. Sans attendre l'approbation de ses coéquipiers, Sept s'élança dans les airs, la pochette toujours accrochée à la patte. Jaboterne et Chantperdu la suivirent. Ils atterrirent sur la corniche et se retrouvèrent face au mur du clocher, qui était percé d'ouvertures gothiques occultées par des planches inclinées. Tout autour, une vue imprenable sur les faubourgs de

40 - ***Elle était en effet maculée de fientes blanchies par le dessèchement. Or, c'est un fait bien connu qu'un passage encrotté est un passage sûr. Les oiseaux sont d'ailleurs convaincus que les humains leur ont piqué cette signalétique pour peindre de traces blanches les passages piétons.***

Brussailes s'offrait à eux. Des filaments de lumière coulaient dans les rues au rythme du passage des vrombes. Quelques étoiles falotes scintillaient dans la mélasse cendrée du ciel. On apercevait au loin les contreforts de la ville, là où les immeubles se désagrégeaient en maisons et jardins perdus dans la profondeur de la nuit.

— On fait quoi, on se jouque ici, en plein vent ? demanda Chantperdu en examinant les alentours d'un air circonspect. Bon plan pour servir de casse-dalle nocturne aux chouettes, si vous voulez mon avis.

Sept se percha en haut d'un des clochetons pour examiner les planches à claire-voie qui dérobaient l'intérieur du clocher à leurs yeux.

— J'avais dans l'idée de nous glisser à travers ces abat-sons pour aller dormir dans la tour, mais les humains ont mis un grillage derrière pour nous empêcher de passer, marmonna-t-elle.

— De toute façon, il est hors de question que je dorme dans un truc d'humain, moi, répliqua Chantperdu. Je suis allergique aux trucs d'humains.

— Tu n'étais pas allergique quand il s'agissait de te planquer dans un restaurant.

— Il y a un passage ici, observa Jaboterne.

À l'extrémité d'une des planches à claire-voie, une traînée de fientes blanches réverbérait la lumière. Jaboterne s'envola et atterrit sur la planche. À cet endroit, un coin du grillage qui servait de pare-oiseaux rebiquait vers l'intérieur. Quelques vieilles plumes accrochées sur les fils de fer indiquaient que des volatiles empruntaient régulièrement l'ouverture. Jaboterne baissa la tête et se dandina dans le trou du grillage, suivi de près par Sept, qui dut s'accroupir au maximum pour faire passer sa grande carrure de corneille. Chantperdu leur emboîta le pas de mauvaise grâce en éternuant, pour bien souligner leur manque de considération envers sa santé fragile.

Ils se retrouvèrent ainsi tous les trois dans une pièce haute et sombre qui sentait la poussière et la fiente. Le plancher disparaissait sous un demi-siècle de déjections aviaires hérissées de plumes. Par-dessus cette sédimentation grumeleuse, suspendues à leurs jougs de chêne, trois énormes cloches luisaient à la lueur des lames de lumière horizontale qui s'infiltraient par les abat-sons. Et sur le beffroi de chêne qui supportait ces cloches, des dizaines de boules grises étaient alignées, pattes pliées et bec reposant sur leur jabot : des pigeons.

Jaboterne n'en connaissait aucun, mais il se sentit rasséréné à la vue de ses congénères. Un dortoir à pigeons était l'assurance de dormir en sécurité et au sec. Les occupants du clocher ne semblaient pas partager son soulagement : leurs yeux orange se mirent à briller dans l'obscurité, inquiets et

ensommeillés, se demandant à l'évidence ce que venaient faire dans leur logis un rouge-gorge allergique, une corneille à l'air mal luné et un pigeon inconnu au bataillon.

Jaboterne n'eut pas le temps d'expliquer la raison de leur présence : Sept s'était déjà envolée vers les poutres.

— Place, place, maugréa-t-elle en se perchant au milieu des pigeons, qui se tassèrent tant bien que mal[41].

Jaboterne se posa à côté de Sept en se faisant tout petit, affreusement embarrassé par le sans-gêne de sa camarade. Chantperdu se cala entre eux, dans l'espace laissé par leurs pattes. Un éternuement aigu s'échappa de son bec.

— Boilà, je vous l'abais dit que j'étais allergique, geignit-il.

— C'est psychosomatique, rétorqua Sept.

— Psycho-quoi ?

Jaboterne lança un coup d'œil furtif vers ses congénères, qui l'observaient avec la même curiosité timide depuis le lacis de poutres sombres et de cordes rêches qui traversaient le clocher. Malgré l'obscurité, il pouvait voir que la communauté qu'ils avaient rejointe était un assemblage disparate de pigeons trop jeunes, trop veufs ou trop moches

41 - ***En règle générale, les oiseaux ne s'embarrassent pas de bienséance : les priorités sur la nourriture et sur l'espace se négocient à la taille et au poids, et il ne viendrait à l'idée de personne de remettre en question ce système très simple d'utilisation, d'une efficacité remarquable pour réguler les relations interpersonnelles.***

pour être en couple. Comme dans toutes les escadrilles colombines, il n'y avait pas vraiment de hiérarchie : on sentait juste que certains savaient un peu mieux s'imposer que les autres, et c'était tout.

— Qu'est-ce que vous venez faire parmi nous ? s'enquit la voisine de Jaboterne.

Jaboterne se tourna vers son interlocutrice et perdit instantanément le peu de contenance dont la nature l'avait doté. Il s'agissait d'une jeune pigeonne blanche tachetée de gris. Malgré l'heure tardive, il pouvait voir les riches nuances jaunes et rouges de son iris qui donnaient à sa pupille, nichée au fond de l'œil, une profondeur confondante.

Les plumes de son jabot se gonflèrent contre son gré et il dut se faire violence pour ne pas se mettre à roucouler comme un demeuré.

— On a été chargés d'une mission par le Parlement des Oiseaux, parvint-il à bégayer.

La pigeonne redressa le cou d'un air intrigué. Un autre oiseau que Jaboterne se serait empressé de tirer parti du côté excitant de cette aventure, mais il fut tout d'un coup incapable d'aligner trois mots.

— Et vous, vous perchez toujours cet occupoir ? balbutia-t-il pour s'éloigner du seul sujet qui aurait pu le rendre intéressant.

— … ?

— Je veux dire, vous occupez toujours ce perchoir ? se reprit-il laborieusement.

À côté de lui, Sept lâcha un jacassement moqueur. Chantperdu parut désespéré par son manque de charisme.

— Je dors ici depuis que j'ai quitté mon nid de la place Sainte-Catherine, il y a un mois, répondit la pigeonne (« Elle est d'une couvée tardive aussi ! » songea Jaboterne, ravi de leur découvrir un point commun). C'est un bon abri.

— Il fait chaud en hiver, on n'est pas dérangés par les chats, les humains ne viennent quasiment jamais... renchérit un pigeon estropié[42] posé sur la poutre d'en face.

— La vieille pierre, ça a du charme, approuva un pigeon hors d'âge aux yeux chassieux. Y a rien de mieux que les clochers – sauf quand des faucons s'y installent, évidemment.

Les pigeons marquèrent leur assentiment par des petits hochements de tête. Jaboterne trouvait qu'il y avait quelque chose de réconfortant dans la verticalité du clocher et ce minéral gris, comme si

42 - ***Bien que cela nous éloigne un peu de notre histoire, il nous paraît important de faire une digression sur cette question fondamentale : pourquoi y a-t-il autant de pigeons éclopés dans les villes ? Une étude parue en 2019 de Jiguet F., Sunnen L., Prévot A.-C. et Princé K. avance une explication surprenante : ces mutilations seraient dues aux cheveux humains qui, en s'enroulant malencontreusement autour de leurs pattes, nécroseraient leurs chairs, leur laissant des moignons. Il y aurait ainsi une nette augmentation des colombidés estropiés aux alentours des salons de coiffure. Énigme résolue, revenons à nos pigeons. (https://www.sciencedirect.com/science/article/abs/pii/S0006320719306901)***

leur plumage faisait corps avec. Chantperdu ne semblait pas partager ce sentiment. Il s'ébroua d'un air dégoûté.

— Je déteste ces trucs d'humains – les bâtiments, les *clochers*, les vrombes, tout ça. Il n'y a que les pigeons pour se sentir à l'aise dans ces villes de malheur. C'est parce que vous êtes domestiqués, ça.

Domestiqués – aucun qualificatif ne pouvait être plus banalement méprisant que ce mot-là. Même le plus minuscule des roitelets se savait supérieur aux pigeons, car il ne traînait pas dans ses gênes cette tare de la domestication, ce stigmate du modelage par l'humain, que des générations d'indépendance n'avaient pas suffi à gommer. Nombre de pigeons portaient encore sur leur plumage les couleurs improbables que les humains avaient sélectionnées chez leurs ancêtres, comme la jeune pigeonne grivelée, qui en cet instant semblait vouloir disparaître dans le bois de la poutre. *Domestiqué* – le mot avait filé le bourdon à toute l'escadrille.

— Nous sommes à l'origine des oiseaux des falaises, se défendit faiblement le vieux pigeon. C'est pour cela que nous aimons les hauts bâtiments en pierre des humains. Et nous ne sommes plus une espèce domestiquée. Nous mangeons, nous dormons, nous faisons des nichées sans l'assistance des deux-pattes-sans-ailes. Nous n'avons rien à voir avec… avec… avec des *poules*, tiens.

Sept choisit cet instant pour intervenir, avec son petit air supérieur de corneille que Jaboterne trouvait insupportable.

— Ça ne change rien, vous vivez sur le dos des humains. S'ils ne gâchaient pas autant de nourriture, s'ils ne bâtissaient pas ces immeubles, vous n'arriveriez pas à vous nourrir et à vous abriter. Vous ne pouvez pas modifier votre nature.

Partout dans le clocher, les pigeons baissèrent le bec et semblèrent se cacher derrière leurs ailes. Jaboterne regarda leurs mines affligées, celle de sa voisine en particulier, et sentit soudain un ras-le-bol l'envahir.

— Parce que les corneilles ne vivent pas sur leur dos non plus, peut-être ? s'emporta-t-il. Qui pioche dans les poubelles, hein ? Qui est toujours à l'affût du moindre reste de sandwich abandonné dans les parcs ? Et si la ville était si insupportable à vivre que ça, pourquoi est-ce que vous restez tous dedans, corneilles, rouges-gorges, pinsons, merles et j'en passe ?

Un silence accueillit ses paroles. Les locataires du clocher étaient proprement ébahis. De mémoire pigeonne, c'était la première fois qu'un des leurs se lançait dans une joute oratoire avec une corneille. Jaboterne sentait bien qu'il n'était pas à sa place, mais la colère continuait de gronder dans son gosier, étouffant sa timidité. Il regardait Sept d'un air belliqueux, la mettant au défi de continuer à dénigrer son espèce.

Le pigeon qui pouvait clore le bec d'un rouge-gorge n'était toutefois pas encore né.

— Parce que c'est la ville qui a envahi nos territoires, pas l'inverse ! s'écria Chantperdu en sautillant sur la poutre. On vivait depuis des générations tranquilles quand ils ont débarqué et rasé nos bosquets pour planter ces immeubles. Tu aurais voulu qu'on fasse quoi, qu'on déménage sans demander notre reste ? Non, on n'est pas comme ça, nous ! Un rouge-gorge, ça reste et ça défend son territoire ! Fièrement, et en chantant !

Il continua de vitupérer, bombant comme jamais son poitrail vermillon, rappelant la bravoure des rouges-gorges qui résistaient encore et toujours à l'envahisseur humain, à ses chats et à ses taille-haies. Le mouvement d'humeur qui avait poussé Jaboterne à prendre la défense de son peuple reflua.

— N'empêche qu'il y a plus de corneilles et de rouges-gorges en ville qu'à la campagne, maugréa-t-il du bout du bec, quand Chantperdu parvint à la fin de sa tirade.

Le rouge-gorge eut la sagesse de faire semblant de ne pas avoir entendu. Sept, qui était restée silencieuse depuis l'intervention de Jaboterne, oscilla sur ses pattes et se frotta le bec contre la poutre, comme si elle hésitait à prendre la parole.

— Les corneilles sont des oiseaux opportunistes, Jaboterne, finit-elle par dire. Tout ce qu'une espèce peut nous apporter de comestible est bon à prendre. Nous étions déjà comme ça quand les humains savaient juste se grogner dessus et casser des cailloux.

Il y avait quelque chose de triste dans la manière dont elle s'était exprimée, comme si elle subissait, elle aussi, la loi impitoyable de sa nature. D'un bâillement, elle clôtura la discussion :

— Dormons, la journée a été assez longue comme ça, soupira-t-elle en glissant son bec entre ses plumes dorsales.

Chapitre 9

LE CHANT ET LE TERRITOIRE

OÙ

Chantperdu révèle les origines de son nom

Lorsque Jaboterne se réveilla le lendemain, après une nuit passée à dormir d'un œil[43], un soleil pâlichon s'infiltrait entre les lames de l'abat-son, faisant danser la poussière qui flottait dans le clocher. Il ébouriffa ses plumes pour ranimer son corps engourdi par le sommeil. Juchés sur les poutres autour de lui, ses congénères pigeons étiraient leurs ailes avant le premier décollage de la journée. Sa voisine au plumage grivelé le gratifia d'un « bonjour » qui acheva de le réveiller tout à fait. Jaboterne sentit quelque chose bouger entre ses pattes. Il vrilla le cou et découvrit qu'une petite boule de plumes s'était logée sous son bec. Chantperdu dormait contre sa poitrine comme un bienheureux.

43 - Ce qui est somme toute la façon habituelle de dormir des oiseaux. En réalité, rares sont les espèces capables de déconnecter leur cerveau aussi longtemps que les humains. Une aptitude fort utile, surtout en période électorale.

— Ahem, dit Jaboterne.

— Encore un petit moment, il fait tellement bon ici…

— Dans le truc d'humain poussiéreux auquel tu étais allergique hier soir ?

Chantperdu ouvrit un œil agacé.

— Bon, c'est vrai, je reconnais, j'ai jamais aussi bien dormi.

— C'est sûr, quand on ne passe pas la nuit à chanter à tue-tête pour défendre son territoire, on dort mieux.

Cette aigre salutation venait de Sept. La corneille ne s'était pas abaissée à dormir contre ses deux compagnons. Accroupie sur la poutre, elle semblait d'ailleurs avoir souffert du froid. Tête rentrée entre les scapulas, corps frissonnant, elle donnait l'impression d'un vieil oiseau affrontant son dernier hiver.

— On n'est jamais trop prudent, répondit gravement Chantperdu. Je connais plein de rouges-gorges qui ont perdu leur territoire de nuit parce qu'ils l'avaient mal défendu. Quand le faucon n'est pas là, les pigeons dansent. D'ailleurs, en parlant de faucon…

Il s'élança vers les claires-voies du clocher et accrocha ses petites pattes au grillage pour regarder dehors.

— Pas de rapaces en vue ! On se déjouque pour aller prendre le petit-déj ?

Les occupants du clocher commençaient de fait à s'envoler pour passer le trou de sortie. Un jeune pigeon alla se percher sur un des clochetons à l'extérieur et s'écria : « Les gars, y a les humains qui ont laissé un paquet de chips en bas ! » Aussitôt, l'escadrille se précipita vers le trou du grillage. Un embouteillage et quelques coups de bec plus tard, ils avaient tous quitté le clocher pour s'amonceler autour de la précieuse manne sur la place de l'église. L'œil collé derrière le grillage, Jaboterne lorgna sur cette curée avec envie. S'il se dépêchait, peut-être qu'il lui resterait une chips...

— Allez-y, marmotta Sept. Je vous attends ici. Il faut quelqu'un pour... garder la pochette.

Jaboterne oublia un instant les chips – du reste, elles avaient déjà disparu dans les gosiers de ses congénères. Il se rappela la faiblesse qu'il avait remarquée la veille, lorsque Sept les avait guidés à travers la ville.

— Ton aile va bien ? s'enquit-il en marchant dans sa direction.

— T'occupe, croailla Sept d'un ton farouche. Mon aile va très bien.

Elle fit mine de s'éloigner de lui à pas chassés, mais chancela et s'écroula à moitié sur le côté.

— Ça n'a pas l'air d'aller très bien, s'avisa Chantperdu, sceptique.

Sept essaya de replier son aile, sans y parvenir tout à fait.

— C'est cette saleté de faucon... Je ne sais pas où il a laissé traîner ses serres, le fauve, mais elles n'étaient pas propres.

— Laisse-nous regarder, insista Jaboterne en s'approchant de la corneille.

Cette fois-ci, elle ne chercha pas à se défiler, se contentant de marmotter qu'il s'agissait juste d'une petite égratignure et qu'il ne fallait pas en faire toute une fricassée d'insectes. Jaboterne écarta les plumes de la corneille du bout du bec. Autour de l'estafilade pleine de sang coagulé que lui avait infligée la serre du faucon, la peau était rouge et enflée. Chantperdu s'approcha à son tour en sautillant et jaugea la blessure, la tête penchée sur le côté.

— C'est presque aussi moche qu'un vieux pigeon.

— Merci, répondirent Sept et Jaboterne en cœur.

— Il va te falloir du repos, prescrivit le rouge-gorge.

— Il est hors de question que je me repose plus longtemps ici, décréta Sept. On doit avoir accompli la mission avant la fin de la huitaine.

— Et comment comptes-tu partir de ce clocher pour l'accomplir, ta mission ? En escaladant la façade comme un écureuil ? Le devoir devra attendre. Ta dernière bectance, elle date de quand ?

Sept dodelina de la tête.

— Avant-hier, marmonna-t-elle. Je n'ai pas eu le temps de manger hier.

— Bon, on va te chercher à picorer avec Jab', dit Chantperdu. Cale-toi contre le mur, là-bas au bout, on revient bientôt.

La corneille obtempéra de mauvaise grâce, allant se tasser à l'extrémité de la poutre. Elle avait resserré son aile valide autour de son corps pour se réchauffer, laissant l'autre bâiller sur le côté. Yeux fermés, bec entrouvert, plumage terne et respiration lourde : c'est ainsi que Jaboterne et Chantperdu la quittèrent pour aller chercher à manger. Lorsqu'ils revinrent, le ventre lesté d'un reste de kebab (pour Jaboterne) et d'un gros escargot (pour Chantperdu), la corneille n'avait pas changé de position. Sa paupière plissée par la fièvre se souleva lorsqu'ils atterrirent à ses côtés.

— Je suis contente de vous voir, marmonna-t-elle.

— Elle délire, dit Chantperdu à Jaboterne d'un air entendu.

Ils régurgitèrent une partie de leurs petits-déjeuners dans son bec. En temps normal, la corneille n'aurait jamais accepté de se faire nourrir de la sorte, mais elle était trop affaiblie pour protester et se laissa remplir le gosier comme un oisillon.

— Vous ne devriez pas rester avec moi, murmura-t-elle lorsqu'elle eut avalé tout ce que son estomac pouvait supporter. Je ne vous aide pas.

Après quoi elle s'endormit à nouveau. Jaboterne et Chantperdu se pouffèrent contre elle pour lui apporter un peu de chaleur et se relayèrent pour aller scruter le ciel à travers le grillage et les claires-voies, à l'affût des rapaces. Un faucon, qu'ils avaient aperçu au loin lors de leur sortie du matin, planait au-dessus du centre-ville. Il était toutefois difficile de dire s'il chassait le tout-venant aviaire ou s'il les recherchait.

Alors que Jaboterne était en vigie, un escadron de perruches survola l'esplanade qui s'étendait devant l'église. Elles s'engouffrèrent dans une rue adjacente en formation serrée, effilées comme des feuilles de saule, et si proches les unes des autres que leurs ailes se touchaient presque. Une seconde plus tard, il ne resta plus de leur passage qu'un flash vert dans la rétine et l'écho de leurs cris stridents sur les façades.

— Volaille de malheur, gronda Chantperdu, qui était venu s'accrocher sur le grillage à côté de Jaboterne.

— Tu as déjà eu affaire aux perruches ? s'enquit Jaboterne.

Il avait réussi à éviter les étrangères jusqu'alors. Ce n'était pas difficile, car les perruches se déplaçaient toujours en groupe et avaient leurs habitudes. L'escadrille qui fréquentait son quartier se réunissait le matin dans un gingko du parc Léopold, puis elles prenaient leurs aises dans le marronnier qui occupait le centre d'un jardin, avant de repartir dans la soirée vers leur colonie de la forêt de Soignes. Jaboterne prenait garde à ne pas croiser ce mouvement pendulaire, une chose facile pour lui car les pigeons ne sont pas très territoriaux. Tout l'inverse des rouges-gorges[44].

44 - ***Vous l'aurez deviné, le territoire est une affaire sérieuse chez les rouges-gorges mâles. Quand ils ont trouvé un coin de verdure assez sympathique pour y élever une nichée, ils s'y établissent et dépensent une énergie folle à dissuader d'autres individus de s'y installer, passant des jours et des nuits à chanter et à virer*** manu militari ***la concurrence, dans l'espoir de finir par y attirer une partenaire. En d'autres termes, le rouge-gorge est une grosse victime de la masculinité toxique.***

— Les perruches ont passé l'été à dévaliser mon cerisier, répondit Chantperdu avec hargne en repartant se percher contre Sept. Il n'y a pas une femelle qui a osé s'approcher de mon jardin à cause du boucan qu'elles faisaient. Sans leur ramage, j'aurais peut-être pu trouver une compagne et avoir une nichée.

— Tu en auras une l'année prochaine, le réconforta Jaboterne.

De son point de vue, les rouges-gorges attachaient un peu trop d'importance à la reproduction. Même si Jaboterne espérait bien avoir une nichée lui aussi un jour, l'idée qu'il ne puisse jamais y arriver ne le désespérait pas. Heureusement, d'ailleurs, car autant ne pas se fourrer le bec dans le sable : il était l'individu le moins intéressant d'une espèce qui ne regorgeait pas d'intérêt. Cela lui laissait peu d'arguments pour convaincre une femelle (par exemple, au hasard, une jeune pigeonne qui aurait eu le plumage tacheté) de s'associer à lui dans un projet de nidification.

— Aucune chance, rétorqua le petit passereau. L'hiver arrive, et je ne passerai pas l'hiver.

Jaboterne trouva Chantperdu un brin fataliste. Certes, la saison froide faisait des ravages chez les passereaux, surtout chez les plus jeunes comme eux, qui n'avaient qu'un été à leur actif. Mais beaucoup survivaient quand même, et Chantperdu ne donnait pas l'impression d'être un rouge-gorge que les frimas pouvaient abattre.

— Il n'y a pas de raison que tu gèles plus qu'un autre, tempéra ainsi Jaboterne.

Chantperdu resta un instant silencieux.

— Si, je le sais, finit-il par dire. Je me suis fait piquer mon territoire.

— Tu as perdu ton territoire ?

— Oui. Et un rouge-gorge sans territoire en hiver, c'est un rouge-gorge mort.

Jaboterne repensa à toutes les fois où Chantperdu s'était vanté de son territoire. Dans d'autres circonstances, il aurait pu trouver cet aveu comique, mais la gravité du rouge-gorge l'empêcha de rire de son infortune.

— J'ai encore quelques semaines devant moi, tant qu'il reste quelques insectes mollassons à boulotter par-ci par-là, résuma Chantperdu. Mais, quand il faudra aller chercher de la baie et que tous les bons arbres à baies seront défendus par d'autres, je mourrai de faim.

Jaboterne s'imagina un instant devoir survivre à l'hiver en se passant de frites. Cette perspective le fit frissonner d'angoisse. La seule chose qu'il trouva à dire fut :

— Mais comment est-ce qu'on a pu te piquer ton territoire ?

— Parce que je n'ai plus mon chant.

— Ton quoi ?

— Mon chant ! Mon foutu chant, voilà je ne sais plus chanter[45]. Il y a une lune, j'étais en train de virer un concurrent de mon jardin, je lui lançais mes plus fabuleuses menaces, mes plus belles bordées d'injures (tu aurais entendu ça, c'était du lyrisme, de la poésie !), quand tout à coup mon syrinx s'est bloqué et mon chant s'est arrêté.

— Comme ça ?

— Oui comme ça, brusquement, pschitt, plus une note, plus un staccato, alors que j'étais au sommet de mon art. L'autre m'a chassé de mon jardin, et depuis je n'ai plus de territoire.

Chantperdu baissa le bec. Jaboterne n'était plus du tout tenté de trouver sa situation drôle, à présent. Il se sentait affreusement peiné.

— Tout ça, c'est à cause de ces saletés de perruches, reprit Chantperdu. Si elles n'avaient pas passé l'été à jaboter dans le cerisier, je n'aurais pas eu à pousser autant ma voix pour couvrir leurs criailleries. Résultat, ça m'a coupé le sifflet pour de bon.

— Peut-être que ça va revenir tout seul, hasarda Jaboterne avec un optimisme forcé.

45 - ***À ce stade, il est important de préciser que, contrairement à une idée reçue, les oiseaux ne communiquent pas uniquement en chantant. Ils ont recours à un langage des signes si subtil que les humains sont incapables de l'analyser : ici un bref mouvement de tête, là un frémissement d'ailes, le tout ponctué par quelques cris pour accentuer les expressions. Le chant est surtout utilisé par les mâles pour impressionner les femelles et faire la réclame de leur territoire (et encore, toutes les espèces n'y ont pas recours – les corneilles ne s'abaissent pas à ces jacasseries, par exemple).***

— Tu parles ! Ça fait plus d'une lune que je ne sors plus une note. J'ai fait tout ce que j'ai pu pour trouver un remède, j'ai sollicité l'avis d'experts – des grives musiciennes, des rossignols, même un mainate qu'un humain avait enfermé dans une cage. J'ai testé plein de remèdes, des fourmis roulées dans du miel, des fleurs de camomille, du venin de frelon. À part m'irriter le gosier et me donner la courante, ça ne m'a rien fait.

Jaboterne ne savait pas quoi lui dire pour lui remonter le moral. Chantperdu tourna vers lui la bille noire de son œil, qui pétillait à nouveau.

— T'inquiète pas, va, je me suis fait une raison. Je préfère profiter des quelques semaines qu'il me reste à vivre pour accomplir quelque chose d'utile. C'est pour ça, en vrai, que je me suis porté volontaire pour la mission. Je me suis dit : qu'est-ce que j'ai à perdre, de toute façon ? Je vais bientôt mourir. Alors autant finir ma vie avec panache !

Il se redressa, campant son corps rondelet sur ses pattes fines comme des brindilles. Jaboterne le trouva soudain plus courageux que jamais.

— Assez jacassé, je vais chercher à becqueter pour Sept, déclara Chantperdu en s'ébrouant.

Chapitre 10

L'ESPRIT DE CLOCHER

OÙ

l'on discute théologie avant d'affronter un dépigeonnage

Chantperdu ne reparla pas de la perte de sa voix et de son territoire. Ils passèrent le reste de la journée à se relayer pour nourrir Sept et la garder au chaud. L'état de la corneille ne s'améliorait pas. Sur les conseils d'un des pigeons de la corniche, Jaboterne alla glaner des pétales de souci qui survivaient dans un bac à fleurs de l'esplanade, les avala et régurgita la bouillie obtenue sur la plaie de Sept pour former un cataplasme jaunâtre à l'odeur acide. La corneille réagit à peine à ses soins, se contentant de marmonner qu'elle n'aurait jamais pensé se faire un jour dégobiller dessus par un pigeon.

Sur ces entrefaites, le soir tomba, ramenant dans le clocher tous ses résidents habituels. Une ambiance gaie s'installa entre les pigeons. On racontait sa journée, on partageait les bons plans mamies-pain dur, on faisait des pronostics sur la météo du lendemain. Jaboterne prit son courage à deux ailes pour discuter avec la jeune pigeonne grivelée, qui à sa grande surprise ne sembla pas trouver sa compagnie désagréable. Elle répondait avec sérieux à ses questions et ne manquait pas de lui en poser à son tour. Ils se découvrirent une passion commune pour les frites et s'amusèrent même à établir un classement des meilleures sauces de Brussailes[46]. Jaboterne plaça la mayonnaise en bas de la liste et elle abonda dans son sens en affirmant que seuls les pigeons ennuyeux se satisfaisaient de cette sauce-là. Sa réponse enchanta Jaboterne. C'était la première fois de sa vie qu'il avait l'impression d'être intéressant.

46 - 1. Sauce spéciale. 2. Joppie. 3. Carbonade. 4. Toscane. 5. Ketchup. 6. Mayonnaise, à condition que celle-ci soit mélangée avec une autre sauce. 7. Saté. 8. Tartare. 9. Andalouse. 10. Samouraï.

47 - Il aurait rougi s'il en avait été physiologiquement capable.

Ils conversèrent ainsi jusqu'à l'arrivée des premières étoiles. Lorsque Jaboterne revint enfin se pouffer contre Sept et Chantperdu, ce dernier lui souffla d'un air grivois :

— Elle est pas mal, hein, la petite pigeonne, avec ses beaux yeux orange ?

Un hoquet s'échappa de Jaboterne[47].

— Elle t'a donné son bail au moins ? insista Chantperdu.

— Son bail ?

— Son nom, Jab' !

— Elle s'appelle Grivaile, répondit Jaboterne d'une toute petite voix.

— Joliiii, approuva le rouge-gorge avec un sifflement admiratif. Si tu veux, je peux te filer deux-trois astuces pour faire bon effet auprès de ton oiselle.

Jaboterne était tenté d'accepter ses conseils, mais il s'avisa qu'il n'avait finalement pas très envie de recevoir une leçon de parade nuptiale de la part de Chantperdu.

— C'est pas mon oiselle, merci, marmonna-t-il en enfonçant son bec dans son jabot. Bonne nuit.

— Bonne nuit, Jab', répondit le rouge-gorge, déçu qu'il n'ait pas sauté sur son offre.

La journée du lendemain ne fut guère différente de la précédente. Sept semblait aller un peu mieux – elle lança même des piques désagréables à ses coéquipiers, qui trouvèrent cela de bon augure –, mais son aile restait brûlante et enflée. Sa fièvre s'était assez atténuée pour lui permettre de faire quelques pas le long de la poutre.

— Pas d'attaque de rapaces aujourd'hui non plus ? demanda-t-elle en inspectant le ciel depuis les claires-voies.

— RAS, répondit Chantperdu. On a bien vu un faucon passer au-dessus de nous, mais il ne nous a pas calculés. Ils doivent rechercher un trio suspect d'oiseaux qui promènent un machin rose, pas un rouge-gorge et un pigeon qui vaquent tranquillement à leurs occupations.

— Sans doute, répondit Sept avec un regard pensif vers la pochette, que Jaboterne avait accrochée à un clou de la poutre. Cette église est une bonne planque, mais on ne va pas pouvoir y rester indéfiniment…

Le seul événement marquant de la journée fut l'arrivée de deux humains, qui ouvrirent une porte grinçante donnant sur un étroit escalier. Jaboterne et Chantperdu s'envolèrent, affolés, imités par tous les pigeons qui se trouvaient dans l'abri. Le clocher ne fut plus alors que bruissements d'ailes et chutes de plumes. Seule Sept resta sur sa poutre, stoïque. Jaboterne se cogna dans une des cloches, qui renvoya un « doooOOONggg » sonore, accentuant la panique au sein de l'escadrille.

Cependant les humains, après avoir discuté et observé le clocher quelques minutes[48], repartirent comme ils étaient venus. Ils laissèrent derrière eux un tapage phénoménal. Il fallut attendre un long moment pour que les pigeons reviennent se percher, et encore plus longtemps pour qu'ils se calment. Le soir était déjà arrivé qu'ils parlaient encore de la visite des humains, une première d'après la doyenne du clocher. Même si les spéculations allaient bon train, personne ne connaissait la raison de leur apparition.

48 - ***Humain 1 : « Regarde ça, quel*** brol*. ***Pas étonnant que le plancher commence à ployer, y a une tonne de crottes de pigeons ici.» Humain 2 : « Les pigeons, faut les anéantir. »***

— Je n'aime pas ça, marmonna Sept dans son bec. Ces humains n'étaient pas contents de trouver autant de pigeons dans leur église…

— Tu parles l'humain, toi ?

— Je sais reconnaître un humain mécontent quand j'en vois un.

Comme la veille, Jaboterne passa la soirée à discuter avec Grivaile. Alors qu'ils évoquaient tous les deux leur hâte de connaître le printemps, des tapotements se mirent à résonner doucement dans le clocher, d'abord à quelques secondes d'intervalle, puis sans interruption. Jaboterne tendit une tête inquiète vers les hauteurs sombres du beffroi.

— C'est la pluie qui tombe sur le toit de l'église, lui expliqua Grivaile.

Jaboterne n'aurait su dire pourquoi, mais le fait de savoir que dehors la pluie mouillait Brussailes alors qu'il était bien à l'abri sur sa poutre, au milieu de la chaleur de l'escadrille, lui procurait une sensation de bien-être indescriptible. C'était d'un confort sans commune mesure avec son perchoir habituel, la branche d'un vieux marronnier dont le feuillage dégarni laissait passer les gouttes.

Un autre son, plus doux encore, monta des profondeurs de l'église vers le clocher et vint se mêler au crépitement de l'averse.

— Qu'est-ce que c'est ? s'enquit-il de nouveau.

Cette fois-ci, ce fut son voisin de gauche, un pigeon rondouillet, qui le renseigna :

— Ce sont les humains qui chantent pour plaire à l'Esprit. On les entend roucouler comme ça de temps en temps pour Le célébrer.

— Une vraie basse-cour, renchérit un autre pigeon que Jaboterne n'arrivait pas à distinguer dans le noir.

— À quoi ressemble l'Esprit, pour vous ? demanda soudain Sept.

Elle avait replié son aile et lissait à présent ses plumes avec précaution. À son air retors, Jaboterne devina que la corneille n'avait pas posé sa question en toute innocence.

— À une pigeonne aux grandes ailes immaculées et à l'air sage, répondit ingénument un juvénile au plumage rougeâtre, jouqué sur une poutre en contrebas.

Les autres pigeons ratifièrent la description avec de petits roucoulements approbateurs.

— L'Esprit, un pigeon ? éructa Chantperdu. Non mais sérieusement, vous croyez que l'Esprit prendrait la forme d'un pigeon ?

Les pigeons s'entreregardèrent.

— C'est un rouge-gorge, évidemment, répondit Chantperdu comme s'il énonçait une vérité générale.

— Pourquoi un rouge-gorge plutôt qu'un pigeon ou une corneille ? demanda Jaboterne avec humeur.

— C'est simple, et je vais vous en faire la démonstration, déclara Chantperdu en gonflant son plastron. Le monde est bien le territoire de l'Esprit ?

— Oui, c'est bien connu, acquiescèrent les pigeons.

— Et le vent est bien le chant de l'Esprit, né lors de Son Éclosion ?

— Oui, c'est bien vrai aussi, approuvèrent les pigeons.

Et le vieux pigeon aux yeux chassieux d'ajouter :

— Le chant de l'Esprit est sifflé à une fréquence si basse que nous n'arrivons pas à le comprendre, mais il nous protège du Néant qui veut sans cesse replier le monde sur lui-même[49].

— Tout à fait, approuva à son tour Chantperdu. Donc on est d'accord que le monde est Son territoire, et que le vent est Son chant. Vous connaissez d'autres espèces que les rouges-gorges qui savent aussi bien défendre leur territoire en chantant ?

Les pigeons cogitèrent ferme pour trouver un contre-argument, mais Jaboterne lui-même devait admettre que son raisonnement se tenait. Les pigeons n'étaient pas territoriaux, et les corneilles ne chantaient pas. Il y avait peu d'espèces aussi lyriques et chauvines que les rouges-gorges.

Sept, qui était jusqu'alors restée en dehors de la conversation, émit un croassement condescendant.

49 - ***Les oiseaux ne sont pas toujours d'accord sur les détails des Mystères, qui rassemblent toutes les affaires concernant l'Esprit, mais certains mythes font consensus, notamment celui de l'Éclosion du Monde, ou celui du Dernier Chant.***

— Pfff, fit-elle. Toujours pareil avec les espèces qui n'ont pas d'imagination : elles sont persuadées que l'Esprit leur ressemble. Je parie que les humains pensent que l'Esprit est aussi un deux-pattes-sans-ailes.

— Et de quoi il a l'air, l'Esprit, d'après toi qui connais tout ? grommela Chantperdu, piqué au vif. Il a des plumes noires et un complexe de supériorité mal géré ?

Sept arrêta de se lisser les plumes.

— Aucune idée. Pas à un pigeon ou un rouge-gorge, en tout cas. À supposer que l'Esprit existe.

Tous les volatiles du clocher furent décontenancés par sa dernière phrase, mais ils s'abstinrent de commentaires – les corneilles étaient connues pour leurs idées originales. Jaboterne avait déjà entendu dire qu'elles pensaient que les oiseaux et les reptiles descendaient du même peuple et que les étoiles étaient des masses gazeuses perdues dans le ciel[50]. Elles évitaient cependant d'exprimer ces théories farfelues en dehors de leur propre cercle.

50 - ***Alors qu'il est bien connu que les étoiles sont les écailles de l'Œuf primordial, le fameux œuf duquel l'Esprit a éclos et libéré son chant, repoussant ainsi le Néant derrière ses bris de coquilles.***

Une nouvelle nuit passa, parachevant le rétablissement de Sept. La corneille réveilla tout le clocher avant l'aube en faisant de grands moulinets d'ailes.

— Aaah, ça va beaucoup mieux, dit-elle à Jaboterne et Chantperdu, que ses exercices d'échauffement avaient arrachés au sommeil. Ça tiraille un peu, mais je devrais réussir à voler, aujourd'hui.

— On est contents pour toi, bougonna Chantperdu. La prochaine fois, évite de faire le coq et attends le lever du soleil pour annoncer tes bonnes nouvelles, d'accord ?

À peine avait-il fini sa phrase qu'un grincement sinistre retentit dans le clocher. La petite porte s'ouvrit de nouveau, laissant passer les deux humains de la veille, cette fois-ci armés de longs bâtons pourvus de filets et d'une grande cage qu'ils posèrent sur le plancher. En un éclair, le clocher se transforma en un maelstrom de pigeons affolés.

— On reste calme ! intima Sept à Jaboterne et Chantperdu, qui s'apprêtaient à s'envoler de leur poutre à tire-d'aile. Je m'en doutais, ils sont venus hier pour faire du repérage, et maintenant ils vont tous nous attraper…

— Mais qu'est-ce qu'on va faire ? s'exclama Jaboterne, sans parvenir à conjurer la panique qui l'envahissait.

Les humains commençaient en effet à manier leurs bâtons, capturant des brassées de pigeons dans leurs filets. Il voyait les regards effarés de ses congénères, leurs plumes arrachées par les mailles, leurs ailes tordues contre le plancher…

— On s'échappe, évidemment, répondit Sept en saisissant la pochette rose. Suivez-moi.

Au lieu de faire comme les autres oiseaux, qui rasaient les murs et la charpente arrondie du clocher en essayant de s'éloigner au maximum des humains, elle s'envola vers leurs agresseurs, évitant leurs bâtons qui fouettaient l'air. Jaboterne lui colla au train, persuadé qu'elle les menait à sa perte… Puis il réalisa que les deux-pattes-sans-ailes ne pouvaient pas manier leurs épuisettes si près d'eux-mêmes et que le meilleur moyen d'éviter leurs filets était de s'approcher d'eux[51].

51 - *Humain 1 : « Eh, t'as vu ? Y a un rouge-gorge et un corbeau aussi ! » Humain 2 : « Et y en a un qui a un truc rose à la patte, j'ai la berlue ou quoi ? »*

Ils passèrent ainsi les humains et atterrirent sur le plancher, à l'endroit où le grillage abîmé permettait de sortir du clocher. Pendant ce temps, les humains continuaient leur rafle, grimpant sur la vieille échelle qui jouxtait l'enchevêtrement de poutres pour atteindre les pigeons. Ceux-ci se cognaient le bec contre la charpente du clocher en cherchant une issue à l'aveuglette, en vain. La peur leur avait ôté toute capacité de raisonnement. Sans la présence d'esprit de Sept, Jaboterne aurait été comme eux, trop submergé par la panique pour penser à se sauver par le grillage. Dès qu'un oiseau se faisait piéger dans une épuisette, les humains le coinçaient dans le filet pour le fourrer ensuite dans la grande cage, où une quinzaine de volatiles se tassaient déjà.

— Allez, on sort de là fissa, dit Sept.

Elle courba le cou pour passer dans le trou du grillage, suivie de près par Chantperdu. Jaboterne resta derrière, dans le clocher.

— Qu'est-ce que t'attends, Jab' ? Dépêche !

Jaboterne regarda d'un œil Chantperdu qui lui piaillait de sortir et de l'autre le rapt de ses congénères.

— On a pu s'abriter ici pendant trois nuits grâce à eux.

— …

— Je ne peux pas les laisser tous se faire capturer, dit Jaboterne en faisant volte-face.

— Attends ! cria Chantperdu. Raaah, il est déjà reparti, ce foutu pigeon. Bon, tant pis, j'y retourne aussi. On va avoir besoin de ta caboche, Sept, tu nous aides ?

— Je ne risque pas ma vie pour des pigeons.

— Et pour deux amis ?

Quelques instants plus tard, Sept et Chantperdu avaient rejoint Jaboterne derrière un vieux baquet renversé. La corneille avait laissé la pochette rose à l'extérieur, sur la corniche, et paraissait mécontente de s'être fait entraîner dans cette opération de sauvetage.

— Alors, Sept, qu'est-ce qu'on fait ? demanda Chantperdu d'un ton pressant en se tournant vers elle.

— On fait demi-tour et on se taille.

— Sept !

— D'accord, d'accord… Vous voulez vraiment libérer tous les pigeons ?

— Oui ! répondirent Jaboterne et Chantperdu en chœur.

— Vous êtes cinglés.

La corneille fit quelques pas le long du baquet, les ailes étroitement serrées contre son corps. Jaboterne pouvait presque voir ses méninges s'activer.

— Bon, il faut réussir à ouvrir la cage pour délivrer ceux qui sont emprisonnés, et la porte pour que tout le monde se sauve de ce clocher. On n'aura pas le temps de faire passer tous ces pigeons par le trou du grillage sans que les humains les rattrapent. D'abord la cage, puis la porte. Je m'occupe du loquet de la cage. Chantperdu, tu fais diversion.

— Comment ?

— Je ne sais pas, sois inventif !

— Et moi, qu'est-ce que je fais ? demanda Jaboterne.

— Tu vas rejoindre tes copains là-haut et leur dire de se calmer. On n'arrivera pas à les faire sortir s'ils volent partout comme des poules sans tête.

— Les poules ne volent pas, objecta Jaboterne. J'y vais, se dépêcha-t-il d'ajouter face au regard noir que lui adressa Sept. À tout de suite !

Il s'envola vers ses congénères, louvoyant entre les épuisettes des humains pour atteindre la charpente où se massait le gros de l'escadrille qui n'avait pas encore été capturé.

— Calmez-vous ! Écoutez-moi !

Les pigeons fusaient dans tous les sens sans lui prêter la moindre attention. Jaboterne évita un coup d'épuisette et se retrouva soudain bec à bec avec une jeune pigeonne tachetée. La terreur embrasait ses yeux orange.

— Grivaile !

À l'appel de son nom, la pigeonne cligna des paupières et sembla revenir à elle.

— Jaboterne !

— On a un plan pour sortir d'ici, s'écria Jaboterne en ignorant la petite voix qui lui rappelait qu'il n'avait pas la moindre idée de la manière dont ils allaient s'échapper du clocher. Mais il faut absolument que tu m'aides à calmer tout le monde !

Par bonheur, il était tombé sur la pigeonne de la situation : Grivaile connaissait tous les résidents du clocher. Assistée de Jaboterne, elle interpella un à un ses congénères et leur répéta le message. Chaque pigeon qui reprenait ses esprits les aidait à son tour à en calmer d'autres. Rapidement, ils parvinrent à répartir les pigeons encore libres dans les recoins de la charpente que les humains ne parvenaient pas à atteindre avec leurs filets.

Tout en calmant ses congénères, Jaboterne suivait le déroulement des opérations côté Sept. La corneille s'approchait en douce de la cage pleine de pigeons posée sur le plancher entre les deux humains. Elle était presque arrivée au loquet lorsque les deux-pattes-sans-ailes la repérèrent[52]. Ils lancèrent des coups de pied dans sa direction pour la chasser, mais Sept les évita en vloppant*. Alors qu'ils retournaient leurs épuisettes vers elle, une boule rouge surgit soudain en mitraillant des petites fientes. Un projectile atteignit le plus grand des humains en plein œil. Aussitôt, il lâcha son épuisette et porta sa main à son visage en produisant des sons graves et terribles[53]. L'autre humain posa à son tour son arme contre le mur et s'approcha de son compère en émettant des stridulations bruyantes[54].

Sept profita de leur distraction pour sauter sur la cage remplie de pigeons et examiner le loquet. Jaboterne la vit fourrager dans le mécanisme avec son bec. Un instant plus tard, un cliquetis retentit. La corneille resta sur la cage pour empêcher la porte grillagée de s'ouvrir sous la pression de ses occupants. Tout en haranguant les pigeons emprisonnés pour qu'ils se préparent à s'enfuir, elle observait avec attention les humains discourir[55] juste à côté d'elle. Jaboterne était bluffé par son sang-froid.

52 - ***Humain 1 :*** ***« Mais qu'est-ce qu'il nous veut, ce foutu corbeau ? »***

53 - ***Humain 1 :*** ***« Cette saloperie de piaf m'a chié dans l'œil, je vois plus rien ! »***

54 - ***Humain 2 :*** ****Mort de rire****

55 - ***Humain 2 :*** ***« Faut que t'ailles nettoyer ça, quand même, c'est un coup à choper une infection et à finir borgne. » Humain 1 : « Ouais ouais, tu as raison, je vais aller rincer cette chiure dans les toilettes du bar d'à côté. »***

Soudain, l'humain atteint à l'œil se dirigea vers la porte du clocher et l'ouvrit. Aussitôt, la corneille sauta de la cage, libérant les pigeons dans une grande explosion de plumes.

— TOUT LE MONDE DÉCAMPE, MAINTENANT !

Le croassement de Sept donna un coup de fouet aux pigeons, qui fondirent comme un seul oiseau dans l'entrebâillement de la porte sous les yeux éberlués des humains. Jaboterne se retrouva emporté dans un tourbillon d'ailes qui dévala un étroit escalier en colimaçon sur plusieurs niveaux. Ils déboulèrent dans ce qui ressemblait à une forêt de pierre ceinte de hautes fenêtres colorées. Le gésier en vrac, essoré par la descente du clocher, Jaboterne rejoignit Sept et Chantperdu qui volaient au milieu des troncs statufiés. Le reste de l'escadrille s'était dispersée sous la canopée de pierre.

— Où est-ce qu'on est ?

— Dans la nef de l'église, répondit Sept. Je n'arrive pas à croire que tu as réussi à crotter pile-plume dans l'œil de l'humain, ajouta-t-elle à l'adresse de Chantperdu.

— Tu m'avais dit d'être inventif !

— Ce n'était pas une critique.

Ils allèrent se percher sur un des piliers de pierre qui soutenaient la voûte de l'église. Le flopflopflop de leurs ailes résonnait sur les murs. Ils n'étaient pas encore sortis d'affaire, mais ils avaient à présent suffisamment d'espace pour s'enfuir si les humains revenaient à la charge avec leurs

56 - Humain 2 : « Ils se sont tous barrés dans l'église, on va jamais réussir à les rattraper ! Espèce de klet*, *t'aurais pu faire gaffe à la porte, quand même ! » Humain 1 : « J'y voyais rien, moi, j'ai toujours l'œil englué ! »*

épuisettes. Ces derniers apparurent à cet instant au pied de l'escalier en colimaçon et regardèrent les oiseaux éparpillés dans l'édifice, l'air dépité[56].

— Il y a une sortie par là ! s'écria un pigeon.

L'escadrille se rassembla aussitôt autour de la sortie en question : un coin de vitrail cassé qui laissait voir un triangle de Brussailes. Un à un, les pigeons empruntèrent le trou. Jaboterne eut un pincement au cœur quand il repéra la silhouette claire de Grivaile s'approcher de l'ouverture. La pigeonne se retourna en tendant le cou dans toutes les directions. Il sentit ses organes faire des loopings derrière son bréchet quand leurs regards se croisèrent – c'était lui qu'elle cherchait ! Elle lui adressa une brève salutation enjouée à travers l'église :

— Merci, Jaboterne !

Puis elle disparut à son tour dans le trou du vitrail. Les organes de Jaboterne se changèrent en plomb. Il ne resta bientôt plus que Sept, Chantperdu et lui dans l'immense église. Ils échangèrent un regard.

— Comme quoi je vous l'avais dit, faut toujours se méfier des trucs d'humains.

— Allez, soupira Sept, on sort d'ici et on finit la mission.

Ils s'envolèrent de concert vers le coin de vitrail cassé. Au moment où ils s'apprêtaient à passer le trou, Jaboterne se figea.

— Dites, si une église est un lieu où les humains célèbrent l'Esprit, qu'est-ce que c'est cette image, à votre avis ?

Sur un pan de mur, une grande toile aux couleurs sombres représentait des humains chevelus. Leurs yeux remplis d'adoration étaient tournés vers un oiseau blanc auréolé de lumière, qui volait au-dessus d'eux avec un rameau d'olivier dans le bec.

— C'est un pigeon, non ?

— Ça ne veut rien dire, c'est juste une image collée sur un mur...

— Mais si, c'est un pigeon ! Les humains pensent que l'Esprit est un pigeon !

— ...

— De toute façon, les humains sont une espèce complètement débile, conclut Chantperdu.

Chapitre 11

PASSAGERS CLANDESTINS

OÙ

nos passereaux prennent les transports en commun

En sortant de l'église, la première initiative que le trio prit fut de se rendre de nouveau au clocher, cette fois-ci par l'extérieur, pour récupérer la pochette. De leur promontoire, ils observèrent le ciel délavé par la nuit pluvieuse, où s'étiraient les croisillons de nuages laissés par le passage des vrombes volantes des humains. Un vent humide, typique de Brussailes, leur collait les plumes au corps. Jaboterne fut le premier à repérer l'épervière qui survolait la ville, telle une ancre fichée dans la houle du ciel.

— Si on la voit, vous pouvez être certains qu'elle ne va pas mettre longtemps à nous repérer, maintenant qu'on est de retour dehors tous les trois avec la pochette, dit Chantperdu.

— On est à quelle distance de la colonie des perruches ? s'enquit Jaboterne.

— À plus de huit mille battements d'ailes, répondit Sept.

Une bouffée de stress envahit Jaboterne. Il ne s'était jamais autant éloigné de son quartier.

— Donc trop loin pour qu'on réussisse à l'atteindre avant que les rapaces nous tombent sur le croupion, calcula Chantperdu.

— Exactement.

— Comment on va faire pour aller là-bas, alors ?

— J'ai une idée, mais elle ne va pas te plaire…

— Ne me dis pas qu'on va *encore* aller se fourrer dans un truc d'humain ?

Quelques minutes plus tard, ils étaient tous les trois posés sur une sorte de cube transparent ouvert sur le côté, que Sept appela *arrêt de tramway.* L'arrêt de tramway était planté au centre de la ceinture routière qui encerclait Brussailes, sur un pont qui surplombait un cortège tonitruant de vrombes.

— Et on attend quoi, là ? demanda Chantperdu avec impatience.

— Qu'un tramway arrive, répondit Sept. Ils s'arrêtent régulièrement ici pour prendre des humains et les déposer plus loin, vers la forêt de Soignes. On va monter sur le toit du prochain tramway et se faire transporter comme eux. Ce sera moins rapide qu'à vol d'oiseau, mais plus sûr.

Jaboterne prit une profonde inspiration pour calmer son stress. Un air chargé d'odeurs de pot d'échappement et de gaufre lui emplit les sacs aériens – l'odeur de Brussailes. Le parfum de gaufre venait d'une vrombe jaune et ventrue[57], immobilisée sur le rivage droit du pont, où s'ouvrait une avenue remplie de magasins rutilants. De l'autre côté du pont,

57 - ***Un camion à gaufres.***

les humains avaient déroulé une large place pavée au pied d'un édifice gigantesque qui ressemblait vaguement à une église, mais en beaucoup plus volumineux, magistral et pompeux. Une partie entière de sa façade et de son dôme disparaissait sous des échafaudages rouillés. Des arbres à papillons poussaient dans les fissures des pilastres grisés par la pollution ambiante.

Jaboterne se figura que cet édifice agréablement délabré, que Sept nomma *le palais de justice*, devait être une excellente planque à pigeons. Et même l'endroit parfait pour y installer un nid. L'instant d'après, son esprit se chargea d'images de nichées remplies d'oisillons grivelés. Il se débattait avec ces visions de bonheur domestique lorsqu'une énorme chenille de métal surgit devant *le palais de justice* et glissa jusqu'à eux dans un chuintement d'acier.

— Allez, on embarque ! s'exclama Sept.

D'un battement d'ailes, elle se posa sur le toit de la chenille mécanique, aussitôt suivie de Jaboterne. Ils allèrent s'accroupir côte à côte dans l'ombre d'un gros cube de métal qui ronflotait[58] et planquèrent la pochette sous leur poitrail. Chantperdu les rejoignit à contrecœur et vint se blottir sous l'aile de Jaboterne. Ils se tassèrent ainsi tous les trois, dérobant le plastique rose de la pochette et le plastron vermeil du rouge-gorge à la vue d'un éventuel rapace qui aurait survolé le tramway.

58 - ***Un climatiseur.***

Sur ces entrefaites, le tramway redémarra dans une vibration. Le paysage se mit à défiler lentement à mesure que l'engin achevait sa traversée du pont. Jaboterne n'en menait pas large, mais le calme de Sept à ses côtés le retenait de s'envoler à tire-d'aile. Le tramway s'inséra dans l'avenue pleine de magasins illuminés, suivant un tracé défini par deux lignes de métal qui couraient dans le macadam.

C'était un mode de déplacement lent, mais bien plus paisible que ce à quoi Jaboterne s'attendait. Le tramway longeait les rues pleines de vrombes et meuglait un carillon d'avertissement quand un deux-pattes-sans-ailes traînait sur sa voie. Il s'immobilisait de temps à autre pour avaler des humains et en recracher d'autres.

Après trois arrêts, le bec de Chantperdu souleva l'aile de Jaboterne :

— Il va nous emmener jusqu'où, comme ça, cet engin de malheur ?

— Jusqu'à la colonie des perruches, répondit Sept. Le tramway s'arrête à une dizaine de battements d'ailes de leur repaire.

— J'aurais préféré affronter les faucons, rognonna Chantperdu en rentrant dans sa cachette.

Jaboterne appréhendait le moment où leur virée tournerait mal, comme tout ce qu'ils avaient entrepris depuis leur départ, quatre jours plus tôt. À sa grande surprise, la traversée de Brussailes à dos de tramway se déroula sans encombre. Sans les récriminations de Chantperdu, qui demandait à chaque arrêt s'ils étaient bientôt arrivés, il aurait même pu s'endormir.

Après avoir caboté un certain temps dans la ville, le tramway rejoignit les abords de la forêt de Soignes et se mit à rouler le long d'une succession de parcs et d'étangs. Jaboterne ouvrait des yeux ronds comme des œufs devant la parure automnale des érables qui se reflétait dans l'eau sombre des lacs. Pour un pigeon urbain comme lui, l'orée de la forêt rimait avec exotisme et aventure – deux notions dont on lui avait toujours bien dit de se méfier.

Enfin, le tramway s'arrêta dans un grincement de freins au milieu d'une double rangée de platanes aux feuilles roussies, qui scindait un long boulevard où défilaient les vrombes.

— Tout le monde descend, ordonna Sept.

Aussitôt, Chantperdu jaillit de l'aile de Jaboterne et alla se percher sur une branche de platane. Il s'ébroua et nettoya avec ostentation ses plumes pour souligner son dégoût d'avoir été en contact prolongé avec un *truc d'humain*. Sept et Jaboterne le rejoignirent avec la pochette tandis que le tramway poursuivait en grinçant son petit bonhomme de chemin, sans ses passagers clandestins.

— Alors, elle est où, cette colonie de perruches ? demanda Chantperdu lorsqu'il eut fini son toilettage.

— Là-bas, répondit Sept.

D'un mouvement du bec, elle désigna l'étang qui jouxtait le boulevard. La cime d'un grand cèdre poignait au-dessus de la frange d'arbres qui s'élevaient autour de l'eau. On entendait s'en échapper les criailleries de dizaines – centaines ? – de perruches. À l'idée qu'ils allaient devoir infiltrer cette colonie pour rapporter les preuves nécessaires à son expulsion, Jaboterne sentit son courage flancher. Il se tourna vers Sept pour y puiser la résolution dont il manquait.

La corneille fixait le faîte du cèdre, ses pattes crispées sur l'écorce pelée du platane.

C'était la première fois qu'elle n'avait pas l'air sûre d'elle-même.

Chapitre 12

LA COLONIE DES PERRUCHES

OÙ

nos oiseaux
font du repérage

De près, le cèdre de la colonie semblait mû par une tempête très localisée. Perdues dans la verdure persistante de ses épines, les perruches se dérobaient au premier regard, et c'était bien là la seule discrétion qu'on pouvait leur accorder. De la souche à la cime, les ramures soubresautaient au gré de leurs acrobaties. D'énormes nids ovoïdes pendaient aux branches maîtresses du cèdre. Les perruches avaient percé de multiples entrées dans ces pelotes de ramille, dont elles ne cessaient d'entrer et sortir dans un va-et-vient ininterrompu.

L'ensemble tenait davantage de la fourmilière que de l'escadrille, excepté que Jaboterne n'avait jamais entendu des fourmis aussi bruyantes. Les perruches s'interpellaient, s'invectivaient, se chambraient, se draguaient dans un déluge ininterrompu de criailleries aux accents exotiques.

La force de leurs vocalises les rendait plus impressionnantes qu'elles n'étaient en réalité. À bien y regarder, un pigeon lambda comme Jaboterne les dépassait presque toutes en taille. Leurs pattes agiles et musclées, leur bec trapu et leurs yeux brillants d'intelligence auraient toutefois dissuadé n'importe quel passereau de leur chercher des noises.

En ajoutant à cela un sens aigu de la collectivité, on obtenait une espèce à laquelle les chats eux-mêmes ne se frottaient pas. Il n'y avait bien que les rapaces pour oser s'attaquer à elles, et encore, par surprise et à distance de leur colonie.

Sept se montra ainsi exceptionnellement précautionneuse dans son approche de la colonie. Alors qu'ils étaient pressés par le temps – la session parlementaire approchait à grandes volées –, elle insista pour qu'ils se livrent à un espionnage en règle de la colonie.

Sous sa conduite, et afin de ne pas attirer l'attention d'éventuels rapaces sur leur trio insolite, les trois passereaux se dispersèrent et firent mine de vaquer à leurs occupations dans le parc, tout en épiant les allées et venues des étrangères vertes. Sept arpentait les pelouses alentour en retournant des feuilles mortes pour digonner* des vers de terre. Chantperdu avait élu domicile dans un fusain d'Europe planté au pied de la colonie et se gavait de ses graines orange enveloppées dans leurs délicats lobes roses. Jaboterne s'était posté sous le banc le plus proche du cèdre, à l'affût des humains qui venaient s'y asseoir pour engloutir sandwichs et goûters. Tous gardaient un œil sur la colonie, enregistrant la moindre information susceptible de leur servir.

Ils se réunissaient à heures régulières sur la branche d'un érable, où ils avaient suspendu la pochette rose, et mettaient en commun leurs connaissances. Jaboterne était un peu remonté dans l'estime de Sept car, des trois, c'était le seul qui parvenait à compter les perruches. Positionnée trop loin de la colonie, la corneille n'arrivait pas à identifier ses résidentes ; quant à Chantperdu, il ne voyait qu'un défilé d'oiseaux semblables[59]. Jaboterne, lui, avait dénombré soixante-sept couples qui disposaient chacun de leur entrée individuelle dans les nids. Ceux-ci étaient occupés en permanence, ce qui n'arrangeait pas leurs affaires, car ils devaient réussir à entrer dedans pour constater si, oui ou non, on y trouvait bien des bris de coquilles.

59 - ***« Elles sont toutes vertes et elles n'arrêtent pas de bouger, comment voulez-vous que je les compte ? »***

— Mais pourquoi elles vont dans leurs nids en ce moment ? demanda Chantperdu. C'est pas une saison pour élever des jeunes. Elles sont folles, ces perruches.

Ils étaient jouqués sur leur érable. Le soir se couchait sur le parc, tissant des fils d'or sur le contour étoilé des feuilles de leur arbre-dortoir. Leur repérage durait depuis deux jours déjà.

— Elles les utilisent pour dormir, répondit Sept.

— Ah ! Tu parles d'une espèce, même pas capable de dormir dehors !

Comme personne n'enchérissait sur son réquisitoire, Chantperdu poursuivit tout seul :

— L'occupation des nids à la mauvaise saison, c'est pour les faibles, les sudistes. Faut pas venir nous coloniser si c'est pour se réfugier dans des petites logettes dès que ça commence à cailler !

Jaboterne se garda de lui faire remarquer qu'il était lui-même convaincu de ne pas réussir à passer l'hiver.

— Bon, quand est-ce qu'on les prend d'assaut, ces nids ? demanda Chantperdu. C'est bien gentil de faire du repérage, mais la prochaine session du Parlement a lieu après-demain, et on n'a toujours pas un duvet de preuve que les perruches ont volé nos œufs.

Jaboterne s'attendait à ce que Sept développe le plan qu'elle avait forcément dû peaufiner pendant leurs deux jours d'espionnage. Mais la corneille ne transpirait toujours pas l'assurance.

— Demain, vous allez ramasser des feuilles mortes, finit-elle par dire.

— Ramasser des feuilles mortes ?

— Oui, des feuilles, des brindilles, tout ce que vous pourrez trouver de plus sec dans ce parc. Je veux que vous en fassiez un tas au pied de ton fusain, Chantperdu. Essayez de ne pas attirer l'attention, et continuez d'observer la colonie.

— Qu'est-ce qu'on va faire avec ces feuilles mortes ?

— Du *feu*.

— Du feu ? Mais… C'est dangereux, ça !

— Oui, Chantperdu, le feu c'est dangereux, répondit Sept d'une voix lasse.

— Tu sais faire du feu ? s'étonna Jaboterne.

— Non, mais je sais où m'en procurer.

Sept bâilla, coupant court aux interrogations de Chantperdu sur ses nouvelles tendances pyromanes.

— Vous verrez bien, dit-elle d'un ton énigmatique. Dormons ; on va avoir besoin de notre énergie demain.

Jaboterne aurait voulu en savoir plus, mais il se figura que cette histoire de feu était déjà assez anxiogène comme ça. Il sombrait ainsi doucement dans le sommeil en écoutant le bruissement des feuilles que le vent arrachait aux arbres, lorsque Chantperdu lui murmura :

— Jab', tu dors ?

— Non.

— Et toi, Sept, tu dors ?

— Je dors.

— Parfait, tu es réveillée. Du coup je me demandais, Sept…

— Je dors toujours.

— … comment ça se faisait que tu t'y connaissais autant en trucs d'humains. C'est vrai, quoi, je n'ai jamais rencontré un oiseau qui en sache autant que toi sur leurs machins, là. La *pochette*, les *fenêtres*…

— Tout le monde connaît les fenêtres, fit remarquer Jaboterne.

— Le *loquet*, le *tramway*, le *feu*… Où est-ce que tu as appris à te servir de tout ça ?

Un silence suivit sa question. C'était une bonne question. Même si les corneilles étaient connues pour leur astuce, Jaboterne n'en avait jamais rencontré une aussi habile que Sept lorsqu'il s'agissait d'utiliser les inventions humaines. Il attendit la réponse, mais celle-ci tarda à venir, à tel point qu'il en vint à se demander si Sept ne s'était pas bel et bien endormie.

— C'est un savoir qui m'a coûté sept ans de vie, marmonna-t-elle enfin.

Jaboterne aurait aimé que Sept développe sa réponse, mais elle se contenta de clore la discussion d'un :

— Bonne nuit.

Puis elle coinça la tête dans ses plumes et, quelques instants plus tard, un ronflement forcé se fit entendre. Chantperdu et Jaboterne échangèrent un regard perplexe.

— Sept ans… pépia le rouge-gorge d'un air mélancolique. Ça en fait, du temps.

Jaboterne hocha la tête. Alors qu'il pensait que Sept avait à peine une saison de plus que lui, voilà qu'il découvrait que la corneille avait au moins le septuple de son âge. Cela correspondait à la moitié d'une existence de pigeon ; pour un petit passereau comme Chantperdu qui ne pouvait espérer connaître plus de trois printemps, c'était un horizon indépassable.

Le lendemain, une aube fraîche, électrisée par les chants des rares oiseaux que l'automne n'avait pas encore calmés, les tira du sommeil. Comme la rosée détrempait le parc, Jaboterne, Chantperdu et Sept décidèrent d'aller picorer leur petit déjeuner pour laisser le temps aux feuilles mortes de sécher. La brume matinale n'était pas encore dissipée que la corneille abandonna ses deux compagnons à leur corvée de ramassage pour partir chercher du *feu*. Chantperdu et Jaboterne s'attelèrent sans grande énergie à la mission qu'elle leur avait confiée. Jaboterne déambulait sous les multiples essences du parc à la recherche de feuilles mortes, qu'il choisissait aussi croustillantes que possible ; le rouge-gorge les entassait ensuite avec art sur la petite parcelle de terre nue qu'il avait dégagée sous le fusain, au pied du cèdre de la colonie.

Ils firent de leur mieux pour rester discrets, mais leur manège attira l'attention des perruches. Heureusement, les pigeons et les rouges-gorges ne figuraient pas en haut de leur liste d'espèces à surveiller[60]. Jaboterne en entendit quelques-unes échanger des blagues au sujet de leur amas – l'une d'elles émit

60 - ***Les corneilles, en revanche, c'est une autre histoire. Une rivalité historique pour décrocher la palme de l'intelligence aviaire oppose corvidés et psittacidés. Une corneille doit toujours faire preuve de prudence près d'un site de nichage des perruches. On remarquera ainsi que, pour l'instant, Sept s'est bien gardée de s'approcher de la colonie.***

l'hypothèse qu'ils préparaient une nichée ensemble, déclenchant l'hilarité des autres. Jaboterne eut beaucoup de mal à raisonner Chantperdu (« j'vais aller leur plumer le croupion à ces pintades ! »)[61].

Les perruches ne tardèrent cependant pas à se désintéresser d'eux. Elles retournèrent à leurs activités habituelles, qui consistaient à bavarder, décortiquer des fruits et se toiletter mutuellement.

61 - ***Quand on vous dit masculinité toxique.***

62 - ***Notons au passage que, chez les oiseaux, le nom n'est pas un référentiel immuable. Il varie en fonction des caractéristiques de l'individu qui le porte. On peut s'appeler Beauplumage et devenir N'a-qu'un-œil du jour au lendemain à cause d'une conjonctivite.***

Tout en entassant ses feuilles, Jaboterne observait la vie de la communauté. Il discernait de mieux en mieux les traits de caractères de chacune : cette perruche joueuse qui s'amusait à se renverser en arrière sur sa branche, ce vieux couple calme qui se mordillait les plumes côte à côte, ce jeune en âge de fonder une nichée qui refusait de quitter le nid de ses parents…

Ce dernier passait ses journées à l'intérieur du nid et ne sortait le bout du bec que pour réclamer bruyamment de la nourriture à ses géniteurs. Cette situation semblait tout à fait lui convenir. À ses parents, moins. Jaboterne les entendit se questionner sur leurs méthodes éducatives :

— Tu crois qu'on a trop gâté Restaunid[62] ?

— Mais non, chérie, regarde, ses frères et sœurs sont tous indépendants, eux… Il a juste un caractère casanier, c'est tout. Il faudra bien qu'il finisse par voler de ses propres ailes, on ne va pas le nourrir jusqu'à l'été prochain, tout de même !

— Mais s'il ne s'envole jamais ?

— Tu te fais trop de souci, ma chérie. Au pire, s'il n'est pas sorti d'ici un mois, on lui donnera un petit coup dans le derrière pour le motiver.

— Mais s'il ne se sent pas prêt ? Je ne veux pas qu'on le force...

— Et tu crois que nous étions prêts, quand les humains nous ont relâchés dans la nature sans prévenir ? Non, on n'était pas prêts, mais on s'est retroussé les plumes et on a construit ce nid, à partir de rien.

— Oui, mais tu sais, les choses sont différentes pour les jeunes d'aujourd'hui, c'est une autre génération, ils ne voient pas les efforts de la même manière.

— Une autre génération, une autre génération... Une génération de feignasses, oui.

La conversation se termina sur cette fine analyse sociologique. Jaboterne était troublé de constater à quel point la vie familiale des perruches ressemblait à celle des pigeons. Ses parents s'étaient eux aussi inquiétés de savoir s'il finirait par quitter le nid un jour. À bien regarder sa situation présente, il aurait peut-être mieux fait d'y rester.

Le tas avait atteint une taille respectable lorsque Chantperdu et lui rentrèrent à l'érable, la ceinture scapulaire fourbue après une journée passée à soulever des feuilles. Sept les attendait sur la branche, drapée dans ses ailes noires. Une odeur désagréable imprégnait son plumage.

— Bouah, ça fouette ici, c'est quoi cette puanteur ? demanda Chantperdu en atterrissant à ses côtés avec le tact qui lui était coutumier.

— Des mégots de cigarette, identifia Jaboterne – en habitué des trottoirs, il avait immédiatement reconnu les effluves bitumeux des petits bâtons carbonisés que les humains dégustaient à longueur de journée, avant de les jeter par terre[63].

63 - ***Et après on dit que les pigeons salissent les villes.***

— Exact, dit Sept. C'est ce qu'on va utiliser pour mettre le feu à votre tas de feuilles. J'ai passé la journée à m'entraîner à en voler aux humains pour être sûre d'y arriver ce soir.

— On passe à l'attaque ce soir, alors ?

— Oui. On va attendre que les perruches soient toutes rentrées dans leurs nids pour qu'elles ne nous voient pas arriver. Ensuite, dès qu'un humain allumera une cigarette près d'ici, je la lui volerai pour enflammer le tas de feuilles.

— Alors on va vraiment faire cramer la colonie ? demanda Chantperdu avec une lueur incendiaire dans les yeux.

Jaboterne commençait sérieusement à douter du bien-fondé de leur mission.

— Non, dit Sept, juste les enfumer pour les forcer à quitter leurs nids assez longtemps pour qu'on puisse les inspecter sans danger.

— Nul, soupira Chantperdu.

— Mais nous, on ne risque pas l'asphyxie ? s'enquit Jaboterne avec inquiétude.

— Vous, vous ne risquez rien, c'est moi qui vais aller dans le nid, répliqua Sept.

— Pourquoi toi ? s'indigna aussitôt Chantperdu. Je peux y aller aussi ! Et puis tu es tellement grosse, pas sûre que tu réussisses à entrer dans leurs nids…

— Je vais très bien passer, merci, répondit Sept d'un ton acide. Et moi, contrairement à toi, je suis assez costaude pour porter la pochette jusqu'au nid, la remplir de coquilles d'œufs et la ramener, ajouta-t-elle en désignant d'un mouvement d'ailes le petit sac rose qui pendait à leurs côtés. Donc, à moins que notre pigeon préféré ne tienne à prendre ma place…

— Ça me va très bien de rester sur le côté en soutien, dit précipitamment Jaboterne.

— … Ce sera moi qui irai. Vous ferez le guet, au cas où les perruches reviendraient trop vite voir ce qui se passe à la colonie.

Chantperdu acquiesça de mauvaise grâce. Leur attente démarra. Depuis leur perchoir, ils virent les perruches rentrer une à une dans leurs grands nids engloutis par la pénombre. Le soir tomba tout à fait sur le parc et ouvrit le bal des activités nocturnes. Les lampadaires s'allumèrent, projetant leurs flaques de lumière jaune sur le noir laqué des allées. De minuscules chauves-souris se mirent à brasser le ciel en quête des derniers moustiques de la saison. Des humains arrivèrent avec leurs chiens, qu'ils laissaient galoper à leur guise autour de l'étang. Des hululements inquiétants s'échappaient par moments de la forêt toute proche.

Jaboterne sentait la nervosité de ses deux compagnons collés contre lui. Ils frissonnaient tous les trois, et la fraîcheur du soir n'y était pour rien. Sept scrutait les humains qui déambulaient dans le parc, à la recherche du rougeoiement d'une cigarette. Les deux-pattes-sans-ailes du parc semblaient avoir cependant un peu trop d'égards pour leurs poumons. Chaque fois que l'un d'eux portait la main à sa poche, le trio se penchait en avant dans l'espoir de voir apparaître un paquet de cigarettes, mais c'était toujours un mouchoir, une laisse de chien, ou un de ces étranges boîtiers lumineux avec lesquels les humains passaient leur temps à converser.

Le sommeil, horloger implacable du règne animal, ne tarda pas à s'imposer aux trois passereaux. Un mince quartier de lune flottait depuis une heure déjà sur l'étang lorsque Chantperdu chuchota :

— Quand est-ce qu'on passe à l'attaque, Sept ?

— Dès qu'un humain du coin aura allumé une cigarette.

— Je vais m'endormir, geignit le rouge-gorge. Tu ne voudrais pas nous raconter une histoire ?

— Je n'ai pas d'histoire à raconter.

— Ben si. La tienne.

Comme Sept ne répondait pas, il insista :

— Comment est-ce que tu as perdu sept années de vie ?

— Je n'ai pas envie d'en parler ce soir, répondit la corneille.

— Mais c'est la dernière soirée qu'on passe ensemble ! s'exclama Chantperdu en se mettant à sautiller autour d'eux.

Jaboterne réalisa soudain qu'ils allaient soit finir en charpie le lendemain, soit ramener les coquilles d'œufs au Parlement des Oiseaux – mais qu'en tout cas leur aventure touchait à sa fin.

— On ne peut pas se quitter sans savoir quel traumatisme t'a rendue aussi rabat-joie, continua Chantperdu.

— Si seulement ton traumatisme à toi t'avait vraiment rendu aphone, répliqua Sept avec aigreur.

Chantperdu se figea :

— Tu étais réveillée quand j'ai raconté à Jaboterne comment j'avais perdu mon chant ?

— J'étais abrutie par la fièvre, mais j'ai entendu tes explications tragicomiques. Tu ne peux plus seriner la galerie avec tes sérénades, la belle affaire ! Les moineaux n'ont pas besoin de nous vriller les conduits auditifs en permanence, eux. « Je vais bientôt mourir. Alors autant finir ma vie avec panache ! » répéta-t-elle d'un ton railleur. Qu'est-ce que vous pouvez être grandiloquents, vous les rouges-gorges…

Un silence inconfortable et long comme une nuit d'hiver accueillit ses paroles. Chantperdu n'avait pas bougé d'une plume et regardait dans le vide. Sa mortification affligeait Jaboterne, qui ne savait pas sur quelle patte danser. Sept parut alors réaliser qu'elle avait blessé le rouge-gorge. Elle ouvrit le bec à plusieurs reprises. Rien ne vint. Comme toujours, elle avait utilisé son bel esprit pour tourner en dérision celui des autres. Finalement, la corneille soupira.

— D'accord, je vais vous raconter mon histoire.

Chapitre 13

L'HISTOIRE DE SEPT

OÙ

l'on entend pour la première fois parler de Loca

Le récit de Sept débuta en ces termes :

« Je n'ai pas beaucoup connu mes parents. Je suis née dans la campagne, il y a neuf ans. Un jour, alors que je n'étais qu'une jeune corneillarde pleine de duvet, des humains ont grimpé dans le noyer où mes parents nichaient et m'ont faite prisonnière. J'ai été enfermée dans une cage et emportée loin de mon nid. Je n'ai jamais revu ma famille.

» Les humains ont mis la cage dans une vrombe, puis ils m'ont transportée dans un grand bâtiment grisâtre, un laboratoire. Là, ils m'ont transférée dans une autre cage, plus grande, et sont partis. La lumière s'est éteinte, le silence s'est fait. J'étais seule.

» Enfin, pas tout à fait seule. Dans la cage voisine de la mienne, que je pensais vide, un oiseau a soudain fait trembler la grille en s'y agrippant. “Ils t'ont enlevée, toi aussi ?” Sa tête verte tendait son bec courbé vers moi pour essayer de me toucher. C'était la première fois de ma vie que je voyais une perruche. Elle s'appelait Loca, elle était à peine plus âgée que moi, et cette rencontre devait marquer le début de notre amitié.

» Loca venait d'une région si lointaine que les sternes arctiques elles-mêmes ne survolent pas son pays quand elles passent par chez nous en rentrant de leur hivernage. Les humains du laboratoire l'avaient prise à d'autres deux-pattes-sans-ailes, qui eux-mêmes l'avaient arrachée à sa famille, là-bas dans le Sud. Elle avait traversé le monde par avion avant d'atterrir dans cette cage voisine de la mienne, une semaine avant ma propre arrivée. Elle était encore plus perdue et malheureuse que moi. Mon arrivée l'a rendue extatique. Enfin un autre oiseau à qui parler ! J'étais moi aussi soulagée à l'idée que je n'allais pas affronter seule les épreuves que les humains nous réservaient.

» De fait, tout nous semblait étranger, depuis le laboratoire jusqu'à la nourriture et l'eau qu'on nous apportait. Il n'était pas possible de faire plus de deux battements d'ailes dans la cage. Le temps s'y étirait sans fin. À part des bibelots laissés dans nos cages, nous n'avions rien d'autre pour égayer notre quotidien que nos conversations et les jeux que nous inventions pour nous distraire. Mais comment inventer de nouveaux sujets de discussion et de nouveaux jeux lorsque les journées se répètent à l'infini ? On finissait par tourner en rond ou lancer en boucle les mêmes blagues, les mêmes comptines, juste pour se voir bouger et parler, et ainsi se sentir un peu vivantes.

» On aurait pu sombrer dans la folie si les humains ne s'étaient pas mis à nous distraire de notre situation malheureuse. Chaque jour, ils nous incitaient à faire des choses absurdes en échange de nourriture, empiler des cubes, tirer sur des manettes, passer dans des labyrinthes, reconnaître des symboles, déplacer des bâtons enflammés, produire des sons. Ils mesuraient le temps qu'on mettait à résoudre leurs énigmes. Ils voulaient tester notre intelligence, mais pourquoi ? Pour nous utiliser à leurs fins ? Pour trouver des façons d'anéantir nos espèces ? Par plaisir ? Pour rien ? Je n'ai jamais su. Loca pensait qu'ils étaient simplement curieux de nous connaître.

» Leurs expérimentations malsaines engendraient une compétition entre elle et moi. Comme on n'avait rien de mieux à faire, on se surpassait pour essayer de résoudre les exercices en premier. Je dois reconnaître que Loca était souvent meilleure que moi. Elle aimait ça, la compétition, le jeu, l'interaction avec les humains. Elle manquait cruellement d'affection et de compagnie.

» Au fil des années – car notre enfermement a duré des années, même si nous n'avions aucune idée du temps qui passait, tant les heures et les jours s'écoulaient avec monotonie dans ce laboratoire où les saisons ne vivaient pas – ce manque a poussé Loca à chercher l'amitié des humains. Elle s'est mise à leur gazouiller des mots, à se blottir contre leurs doigts, à jouer avec leurs cheveux. À force de cajoleries, ils ont fini par la sortir de sa cage et la laisser se promener dans le laboratoire quand ils s'y trouvaient. Les humains et le laboratoire étaient devenus peu à peu le monde de Loca. Elle commençait à oublier le vrai monde, réduit à un carré bleu qu'on apercevait par la fenêtre du laboratoire.

» Moi, je ne l'avais pas oublié. Je restais farouche malgré les années. J'observais.

» Un jour, j'ai commencé à parler d'évasion à Loca. Au début, elle ne voulait pas m'écouter. Le monde extérieur l'inquiétait. Elle avait peur de se retrouver seule dehors, sans famille, dans une région dont son espèce n'était pas originaire – on ne savait pas que des colonies de perruches évadées s'étaient installées dans le coin. J'ai insisté pendant des mois. Je lui ai promis qu'elle réussirait à s'acclimater et qu'on resterait ensemble. Je lui ai parlé de toutes les choses dont je me souvenais de mon enfance, des arbres, du soleil réchauffant les plumes, du bruissement des feuilles ! Elle a fini par se laisser convaincre de m'aider.

» Et tant mieux, car son aide m'était indispensable. Nos cages étaient fermées à clé – les humains savaient bien qu'à force de réaliser leurs exercices idiots on était devenues trop douées pour être arrêtées par un simple loquet. Ils gardaient une clé sur eux, mais il y en avait une seconde, cachée dans un tiroir. Loca devait profiter d'un jour où ils la laissaient voleter dans le laboratoire pour s'en emparer.

» Loca a volé le double de la clé. Lorsque les humains sont partis du laboratoire en fin de journée, elle a ouvert sa cage, puis la mienne. C'était une chaude soirée de printemps. Les humains avaient laissé la fenêtre entrouverte. Loca et moi, on s'est perchées sur le rebord. La fenêtre donnait sur un parking et un autre bâtiment gris. Il y avait de la mousse sur les murs, des brins d'herbe qui poussaient entre les fissures du bitume, des nuages qui traversaient le ciel, du vent. Cela reste aujourd'hui encore le plus beau paysage que j'ai vu de ma vie.

» Nos premières semaines d'oiseaux libres ont été difficiles. Nous avons dû apprendre à vivre sans cage, à trouver à manger par nous-mêmes, à nous abriter le soir. Heureusement, nous étions au début des beaux jours, il faisait bon, la nourriture se trouvait en abondance, et nous étions deux pour affronter le monde ensemble.

» Et puis, je n'ai pas tardé à trouver des compagnons. Il y avait – bien sûr – des corneilles dans le coin de campagne où Loca et moi nous étions réfugiées après avoir fui à tire-d'aile le laboratoire. Elles étaient curieuses de connaître mon histoire, j'étais curieuse de rencontrer les miens. Un mâle encore jeune, qui avait perdu sa compagne d'une maladie, a commencé à s'intéresser à moi et moi à lui.

J'étais plus âgée, mais j'avais tout à apprendre après tant d'années passées en captivité. Il était heureux de me montrer tout ce qu'il connaissait du monde. Le soleil n'avait pas commencé à abaisser sa course que nous étions déjà en train de bâtir un nid. Quelques semaines plus tard, je pondais mon premier œuf. Six autres ont suivi.

» La vie semblait avoir repris un cours normal. Je pouvais enfin rêver d'une vie ordinaire auprès des miens, après ces premières extraordinaires années de ma vie.

» Mais c'était compter sans Loca. Quand j'ai commencé à nicher, quelque chose a vrillé en elle. Soudain, je suis devenue responsable de tous ses malheurs. Elle m'en voulait de l'avoir incitée à s'évader du laboratoire, dans lequel elle n'osait plus revenir par peur de la réaction des humains. Elle me jugeait responsable de sa solitude et de son inadaptation au climat. Elle m'accusait de m'être servie d'elle. En somme, elle me reprochait tout ce qu'elle aurait dû reprocher aux humains.

» Malheureusement, je n'ai pas compris à quel point son amertume était profonde. Si j'avais eu conscience de cela, peut-être que les choses se seraient passées différemment, peut-être aurais-je eu plus d'égards pour son angoisse, peut-être l'aurais-je davantage aidée. Mais voilà, j'étais occupée avec ma nichée, et j'ai oublié Loca.

» Un jour, elle s'est rappelée à moi de la plus terrible des façons. Nos oisillons venaient d'éclore et j'étais partie du nid pour aller leur chercher à manger, laissant mon mâle s'occuper des petits. Alors que je revenais, le gosier rempli, j'ai entendu des cris horribles. J'ai volé aussi vite que j'ai pu, mais quand je suis arrivée au nid, le mal était déjà fait : Loca avait grièvement blessé mon compagnon et tué chacun de mes sept oisillons. Je l'ai vue, perchée au loin. Elle m'a adressé un salut moqueur et elle s'est enfuie. Je ne l'ai jamais revue.

» Mon mâle ne pouvait plus voler. Il n'a pas survécu à l'hiver.

» C'était il y a deux ans. Chaque heure, je repense à cette journée fatidique.

» Voilà comment je suis devenue aussi rabat-joie, Chant-perdu. J'espère que ta curiosité est satisfaite. »

Chapitre 14

L'ENFUMAGE

OÙ

un labrador se fait avoir
et où un tas de feuilles
prend feu

Sept n'avait jamais parlé aussi longtemps. Son récit fit place à un silence abrupt.

— Sept… commença Chantperdu.

Il se tut, car il n'y avait rien à dire. Jaboterne ne pensait pas un jour ressentir autant de peine pour Sept. La corneille s'ébroua, comme si elle flairait les relents de pitié autour d'elle. Son regard survola le parc et s'arrêta sur le ponton qui surplombait l'étang devant eux. Un humain s'était posté sur le plancher de bois, accompagné de son gros labrador sable.

— Trêve de jérémiades, voilà enfin une cigarette.

Sans laisser le temps à Jaboterne et Chantperdu de réagir à son histoire, Sept s'enfuit vers l'humain. Ce dernier venait en effet de faire coulisser une cigarette d'un paquet et de la coincer dans son bec. Il l'alluma à l'aide d'un petit feu portatif. Il eut à peine le temps d'en tirer une bouffée que la masse noire de Sept fondit sur lui et arracha le bâtonnet incandescent à ses doigts inattentifs. L'humain poussa un cri aigu et son labrador se précipita sur le ponton en aboyant, les pattes avant tendues, la queue dressée et les oreilles ballottant dans l'air, fouillant le ciel à la recherche de la voleuse[64].

64 - C'était la première cigarette que l'humain en question allumait depuis un an. Un désaccord avec son fiancé au sujet du rangement du lave-vaisselle s'était mué en engueulade à couteaux tirés (chacun reprochant à l'autre ses tendances maniaques ou l'absence de celles-ci), ce qui l'avait conduit à acheter un paquet de clopes pour venir ventiler ses frustrations dans le parc. Il interpréta le vol de sa cigarette par une corneille monte-en-l'air comme un signe du ciel et décida d'arrêter de fumer derechef. En rentrant chez lui, il raconta cet épisode insolite à son amoureux, ce qui les rabibocha. Le véritable perdant dans l'histoire fut leur labrador, qui non seulement n'eut pas la satisfaction d'attraper la corneille (il n'avait aucune chance, mais les labradors sont d'un naturel optimiste), mais en plus vit sa promenade du soir injustement écourtée.

Tandis que les invectives du chien résonnaient dans le parc, la forme sombre de Sept effectua une volte au-dessus de l'étang et mit le cap sur la colonie des perruches. La corneille planait aussi lentement que possible pour maintenir la cigarette allumée sans précipiter sa combustion.

— Il faut qu'on la rejoigne, prends la pochette, Jab' !

Jaboterne attrapa le cordon rose dans ses pattes et s'élança à la suite de Chantperdu vers le fusain. Lorsqu'ils atterrirent au pied de l'arbuste, Sept avait déjà placé la cigarette sous le tas de feuilles mortes. Une odeur désagréable de goudron en période caniculaire s'échappait de son bec. Au-dessus d'eux, le cèdre s'élevait, vertigineux et silencieux, ses nids de ramille surplombant leurs têtes comme les nuées d'un orage. Une feuille du tas commença à brûler, mais il ne s'agissait que d'un mince liseré incandescent qui la consumait avec lenteur, pas de l'embrasement espéré. Pendant ce temps, la cigarette s'éteignait. La corneille jura.

— J'ai une idée ! s'exclama Chantperdu.

Il ouvrit soudain grand ses ailes et commença à battre des scapulas devant leur feu souffreteux. Le souffle attisa les minuscules braises et enflamma une feuille, bientôt suivie par ses voisines.

— Où est-ce que tu as appris à faire ça ? demanda Jaboterne, émerveillé.

— Les humains ont passé l'été à faire rôtir de la viande dans mon jardin, ça m'a permis d'apprendre quelques trucs, expliqua Chantperdu. Alors, dit-il en se tournant vers Sept qui observait les feuilles s'embraser une à une, même pas un petit « bien joué Chantperdu » ?

— Bien joué, Chantperdu.

— Voilààààà. On a tous besoin de validation de temps en temps.

— Certains plus que d'autres…

— On ne ferait pas bien de se reculer un peu ? intervint Jaboterne.

Le feu prenait des proportions inquiétantes. Des vagues de chaleur venaient s'échouer sur le plumage des passereaux, qui vloppèrent en arrière pour s'en éloigner. Ayant consumé les feuilles sèches de la base, les flammes s'emparèrent de celles du dessus, que la fraîcheur du soir avait gorgées d'humidité. Des panaches de fumée s'élevèrent alors, engloutissant le fusain (trop vert heureusement pour s'embraser). La fumée continua de monter et de se répandre, si bien qu'au bout de quelques minutes un voile gris sembla envelopper le cèdre. Les passereaux scrutaient anxieusement les nids. Aucune perruche n'en sortait.

— Pourquoi elles ne s'enfuient pas ? s'alarma Jaboterne.

— Elles doivent être en train de pioncer, hasarda Chantperdu.

— Est-ce qu'on n'irait pas les alerter quand même ? demanda Jaboterne en se tournant vers Sept. Elles vont être asphyxiées dans leur sommeil…

Les flammes dansaient dans les yeux noirs de la corneille, qui regardait le cèdre enfumé sans bouger d'une plume. Il vient alors à l'esprit de Jaboterne que Sept n'était pas la mieux placée pour décider en toute impartialité du sort des perruches.

— Sept ? insista-t-il.

Comme la corneille ne répondait toujours pas, il se décida :

— Je vais les prévenir.

— Jab' !

Ignorant l'appel de Chantperdu, il décolla en direction du cèdre et se mit à longer le panache de fumée.

— Feu ! Feu ! flappa-t-il[65]. Sortez !

Il continua de voler autour de la colonie, traversant par moments la fumée pour se rapprocher au plus près des nids et réveiller leurs occupantes – mais les perruches ne sortaient toujours pas. Les émanations raccourcissaient son souffle et lui donnaient des vertiges. Alors qu'il commençait à désespérer, une tête verte et ensommeillée apparut enfin à la périphérie d'un nid. Jaboterne reconnut le jeune mâle timoré qui ne voulait pas quitter son nid :

65 - ***Le cri d'alerte ne fait pas partie du répertoire vocal du pigeon, contrairement au merle, par exemple. Le signal d'alarme propre au pigeon, c'est son vol battu bruyant, qu'il déclenche quand un danger est dans les parages et qui lui vaut la réputation injuste d'être un oiseau balourd.***

— Restaunid ! Préviens tes parents ! Réveillez-vous ! Il y a le feu ! Il faut partir !

Le grand perruchon regarda Jaboterne avec des yeux de chouette éblouie, l'air de se demander pourquoi un pigeon l'interpellait par son nom. Puis il baissa le bec vers le pied du cèdre et parut enfin prendre conscience du brasier qui enfumait son logis. Un avertissement sonore s'échappa de son bec.

— M'man ! P'pa ! Y a le feu !

— Hein ? Mais qu'est-ce que tu racontes, reviens donc dormir… Aaah, par l'Esprit, il y a le feu !

Les parents se mirent à crier à leur tour pour alerter le reste de la colonie. Une autre perruche fit son apparition à l'entrée d'une deuxième logette, puis un troisième nid se réveilla, et bientôt tout le cèdre sembla dégorger une myriade de volatiles verts qui s'enfuyaient à tire-d'aile vers la forêt de Soignes. Seuls Restaunid et ses parents demeuraient à l'entrée de leur nid. Le perruchon ne paraissait toujours pas disposé à s'envoler. Ses parents l'encourageaient, plus désespérés que jamais :

— Courage, mon grand, tu n'as plus le choix, il faut y aller !

— Allez, mon chéri, vas-y, fais-toi confiance, tu peux le faire !

— Non je peux pas je vais me planter c'est sûr partez sans moi je veux pas y aller je suis mieux ici… balbutiait le perruchon en regardant le vide, les plumes ébouriffées de panique.

Soudain, sa mère le poussa en avant d'un grand coup de tête. Restaunid hurla de terreur et ouvrit les ailes par réflexe. Quelques instants plus tard, il s'éloignait du cèdre avec un style de vol flancheux mais néanmoins efficace, l'air ébahi par ses propres capacités. Ses deux parents le rejoignirent en l'air :

— C'est bien, fiston, on est fiers de toi !

— Bravo, mon chéri !

Jaboterne les regarda s'éloigner jusqu'à ce que la nuit absorbe complètement leurs trois silhouettes. Rassuré sur le sort de la petite famille, il se laissa replonger vers le tas de feuilles mortes en combustion, qui disparaissait derrière un écran de fumée. Il croisa Chantperdu, qui montait vers lui en vol ascensionnel.

— Des humains ont rappliqué pour éteindre le feu ! s'exclama le rouge-gorge.

— Et Sept ?

— Elle a pris la pochette et elle est partie dans le petit nid, celui qui est près du boulevard ! Maintenant, faut qu'on fasse le guet pour l'alerter si les perruches rappliquent.

« Bon, les perruches se sont enfuies, le feu va être arrêté par les humains, la mission se déroule comme prévu, tout va bien, on gère la situation », se félicita Jaboterne en suivant Chantperdu sur la branche du chêne le plus proche, qui offrait un observatoire idéal sur le cèdre enfumé.

En réalité, ils ne géraient pas du tout la situation. Passons au chapitre suivant afin de comprendre pourquoi.

Chapitre 15

L'INTERROGATOIRE

OÙ

Chantperdu croit avoir la situation sous contrôle

Les humains avaient fini d'éteindre le feu, étouffant la fumée dont le haut panache se dissipait déjà. L'ossature du cèdre et l'ovale des nids réapparaissaient peu à peu derrière le voile gris, blanchi par la lueur des lampadaires. Sept avait disparu dans une des pelotes de branchages pour collecter les écailles d'œufs volés. Jaboterne et Chantperdu gardaient un œil vigilant sur la masse noire de la forêt de Soignes, prêts à donner l'alerte au moindre signe du retour des perruches.

S'ils n'avaient pas été autant concentrés sur la forêt, peut-être auraient-ils remarqué l'oiseau vert qui s'approchait à pas chassés sur la branche d'au-dessus, aussi furtif qu'un vol de chouette hulotte. Mais ils ne firent pas attention à leurs arrières, et quand la perruche tomba soudain sur Chantperdu, aplatissant le rouge-gorge de tout son poids, il était trop tard.

— Tu t'envoles et je finis d'écraser ton petit copain, menaça la perruche d'un ton sec en se tournant vers Jaboterne.

Ce dernier se figea, les ailes grandes ouvertes, coupé dans son élan – il s'apprêtait à faire une battue d'alerte.

Le problème, quand on s'élance d'une branche et qu'on laisse tomber ses velléités de vol en cours de route, c'est que la gravité finit toujours par gagner. Jaboterne dégringola à travers le feuillage du chêne et s'écrasa sur la pelouse, le cerveau retourné et les plumes en pagaille. Sans prendre le temps de les remettre en ordre, il se dépêcha de rejoindre Chantperdu sur la branche de départ.

Le rouge-gorge était toujours aplati sous la serre de son agresseuse – une femelle de forte stature. Il laissait échapper un flot ininterrompu de jurons, mais ses poumons écrasés manquaient de coffre. Dans les branches supérieures du chêne, deux autres perruches à moitié cachées par l'obscurité du feuillage semblaient prêtes à fondre sur Jaboterne au moindre mouvement suspect.

— C'est bien le pigeon et le rouge-gorge qu'on voit traîner depuis trois jours autour de la colonie, dit l'une.

— Si j'avais su ce qu'ils préparaient lorsqu'ils entassaient des feuilles sous le fusain, je leur serais tombée dessus direct, renchérit la grande perruche qui détenait Chantperdu.

— On a bien fait de rester en arrière.

L'œil de Jaboterne navigua entre Chantperdu, les perruches et le cèdre où Sept se trouvait toujours. Il nageait dans une parfaite indécision sur la conduite à tenir. Il ne pouvait pas abandonner Chantperdu, ni donner l'alerte à Sept, ni se battre contre trois perruches – il était coincé.

— Qu'est-ce que vous êtes venus faire ici ? lança la grande perruche au rouge-gorge.

— Interroge plutôt le pigeon, intervint l'une des deux perruches perchées en hauteur, qui avait l'accent chantant d'un oiseau de l'hémisphère Sud. Il aurait pu s'enfuir, mais il a préféré revenir là, c'est qu'il doit tenir à son pote.

Jaboterne se demanda s'il avait bien fait de rester auprès de Chantperdu, tout compte fait.

— Toi, le pigeon, comme tu t'appelles ?

— Jaboterne, répondit Jaboterne.

— Jaboterne, écoute-moi bien : si tu ne réponds pas à mes questions vite et bien, je transformerai ton copain en pelote de déjection que même une chouette ne voudrait pas recracher. C'est compris ?

— Ne dis rien, Jab' ! couina Chantperdu, à moitié étouffé par la prise implacable de la perruche. J'ai la situation sous contrôle !

Jaboterne songea que les rouges-gorges avaient une définition curieuse du mot « contrôle ».

— C'est compris, dit-il à la perruche.

— Très bien, je vois qu'on est sur la même ligne électrique. Première question : pourquoi vous avez allumé ce feu ?

Jaboterne hésita. Il ne pouvait pas révéler tout aux perruches, mais en même temps il devait leur donner des réponses. La situation était insoluble.

— Alors ? insista la perruche en écrasant un peu plus Chantperdu, qui piailla de douleur.

— Pour vous obliger à quitter la colonie, répondit Jaboterne.

Il se figura alors qu'en donnant des réponses le plus succinctes possible, il gagnerait peut-être assez de temps pour permettre à Sept de trouver les morceaux de coquilles et quitter le cèdre.

— Pourquoi vous cherchiez à nous faire quitter la colonie ?

— Pour enquêter.

— Enquêter sur quoi ?

— Sur les œufs.

— Quels œufs ?

— Ceux qui ont été volés.

— À qui ?

— Aux oiseaux.

— Aux oiseaux d'où ?

— De Brussailes.

— Vous pensez que nous avons volé les œufs d'autres espèces ? intervint la troisième perruche, une perruche assez âgée qui dégageait une autorité naturelle.

— Oui, répondit-il.

— Et vous avez décidé de venir enquêter ?

Jaboterne hésita.

— Ce n'est pas nous qui avons décidé.

— Qui a décidé ?

— Le Parlement des Oiseaux.

La deuxième perruche, celle qui avait un accent chantant, laissa échapper un sifflement.

— Cette affaire sent le corvidé à plein bec. Un pigeon et un rouge-gorge n'auraient jamais eu l'idée d'allumer un feu tout seuls.

Ce fut le moment que Chantperdu choisit pour donner un coup de bec sur un doigt de la grande perruche, qui crailla de douleur. Il profita du bref relâchement de pression pour brailler :

— SEPT, BARRE-T…

Le reste se perdit dans un piaillement étouffé. La grande perruche lui avait écrasé la tête avec sa patte.

— Tais-toi, le piaf, ou tu pourras dire adieu à tes petits os, intima-t-elle.

— À qui s'adressait-il ? demanda la perruche à l'air autoritaire.

— À notre coéquipière dans le cèdre, avoua Jaboterne à contrecœur.

— De quelle espèce ?

— C'est une corneille.

Les trois perruches échangèrent un regard éloquent.

— Est-ce que c'est elle qui a eu l'idée d'allumer le feu ?

— Oui, admit Jaboterne.

— Je vais la coincer, dit la perruche à l'accent chantant.

À peine avait-elle fini sa phrase qu'elle s'envolait vers le cèdre.

Chapitre 16

VERTES DÉSILLUSIONS

OÙ

Sept se trouve confrontée à son passé, et où Jaboterne comprend des choses

Tandis que ses coéquipiers se débattaient avec les perruches, Sept explorait un des nids de la colonie. L'odeur âcre de la fumée lui donnait envie d'éternuer. Elle avait passé à grand-peine sa carrure de corneille par l'une des trois entrées du nid et se dandinait à présent dans le boyau de branchages, la pochette au bec. L'obscurité oppressante qui régnait dans la logette l'empêchait de voir les contours de l'abri mais, lorsque sa tête buta contre la paroi de ramilles, elle sut qu'elle était arrivée à son bout. Elle lâcha la pochette et fit un tour sur elle-même. Le fond de la logette était assez spacieux pour lui permettre d'écarter à demi les ailes. Sous ses serres, elle sentait la texture rêche de vieux étrons desséchés et le craquement caractéristique d'écailles d'œufs. Elle étudia les débris en espérant découvrir les restes d'œufs étrangers – cela aurait rendu sa mission tellement plus facile si cela avait été le cas –, mais non, il ne s'agissait que des coquilles cassées de perruches, reliquat d'une couvée depuis longtemps envolée.

« *Coucou !* »

Sept eut un sursaut d'effroi et se cogna la tête contre le plafond de l'abri. Une voix humaine venait de résonner de l'autre côté de la paroi de ramilles.

« Coucou ! »

Sept ploya le cou, le cœur battant, les sens aux aguets. Elle reconnaissait cette voix, mais ce n'était pas possible, cela faisait deux ans qu'elle l'avait entendue – là-bas, dans le laboratoire…

« Coucou ! »

De nouveau, la même exclamation, dont le ton joyeux tranchait avec le silence sinistre de la colonie enfumée. Sept se recroquevilla dans le nid. La voix appartenait à un des laborantins à lunettes qui l'avait séquestrée pendant l'essentiel de sa vie. Une panique irrationnelle montait en elle à l'idée d'être enlevée par cet humain, comme elle l'avait été des années auparavant.

Tandis que les *« Coucou »* continuaient de résonner, elle secoua le bec pour essayer de reprendre ses esprits. Il était hors de question qu'on lui vole à nouveau sa liberté, elle n'était plus un oisillon sans défense, elle pouvait se servir de son bec pour se défendre et de ses ailes pour s'enfuir.

Sept avait pris la décision de quitter le nid lorsqu'une forme oblongue bascula soudain devant le trou de l'ouverture.

— Coucou !

Les entrailles de Sept se changèrent en pierre lorsqu'elle reconnut l'oiseau qui venait de se pendre à l'envers devant elle. Le « coucou » sorti de son bec était si grave et

rocailleux, par rapport aux criailleries habituelles des perruches, qu'on se demandait comment la nouvelle venue avait pu former un son pareil. Pourtant c'était bien une perruche qui se trouvait sous ses yeux. Sept aurait mille fois préféré tomber sur le laborantin dont Loca avait volé la voix, plutôt que sur Loca elle-même.

— Alors, il paraît que tu t'appelles Sept, désormais ?

Deux ans qu'elle ne l'avait pas vue, et la perruche n'avait pas changé. Toujours cet air malicieux qui semblait recéler les pires méfaits comme les plus insignifiantes pitreries.

— Tu n'as pas perdu ton talent pour imiter les humains, à ce que je vois, répondit Sept.

Elle s'était exprimée avec calme, mais elle n'aurait pas pu être plus bouleversée. La dernière fois qu'elle avait vu son ancienne compagne d'infortune, celle-ci venait de massacrer sa couvée.

— Et toi ta ruse, répondit Loca avec son accent chantant de l'hémisphère Sud, que sa vie à Brussailes n'avait pas gommé. Astucieuse, l'idée du feu. Dès que j'ai entendu dire qu'une corneille était derrière tout ça, j'ai su que c'était toi. Dommage que tes copains n'aient pas réussi à te prévenir de notre retour.

— Qu'est-ce que tu leur as fait ?

Loca ne lui répondit pas et se tourna vers l'extérieur pour crier :

— Ramenez-les !

Quelques secondes plus tard, un piaillement énervé se fit entendre. Loca s'envola de l'entrée de la logette. L'instant d'après, Sept vit qu'une deuxième perruche poussait dans le couloir une sorte de petite boule chiffonnée. C'était le rouge-gorge, plus volcanique que jamais. Jaboterne suivit docilement, de sa démarche pesante de pigeon dépassé par les événements. Chantperdu et lui rejoignirent Sept dans la logette et se calèrent tant bien que mal contre elle. À eux trois, ils occupaient l'ensemble de l'espace disponible. À l'entrée du nid, la perruche gardait la sortie avec la vigilance d'une oie. Loca n'était plus en vue.

— Qu'est-ce qui s'est passé ? croassa Sept en se tournant vers ses coéquipiers. Je vous avais demandé de faire le guet !

— Mais on faisait le guet ! Simplement, on regardait pas du bon côté, et une perruche nous a surpris par-derrière…

— Elle a coincé Chantperdu entre ses pattes et a menacé de l'écraser si je ne coopérais pas, souffla Jaboterne.

— Pfff, Jab' s'est bêtement laissé avoir par cette menace, sûr que j'aurais réussi à m'en débarrasser… Et pourquoi tu leur as tout dit, d'ailleurs ? Tu aurais pu mentir !

— Les pigeons sont de très mauvais menteurs, maugréa Sept.

66 - Le corollaire veut que les pigeons soient aussi de très mauvais politiciens. Le bluff, l'épate, le double jeu, le flafla, en somme tous les demi-mensonges indispensables pour se faire bien voir et exercer de l'influence, tout cela leur est inconnu. Même leur parade amoureuse ne casse pas trois pattes à un canard : les mâles se contentent de roucouler en gonflant le jabot et en tournant en rond tant et si bien qu'ils finissent par perdre de vue la pigeonne de leur cœur. Vraiment, ne comptez pas sur un pigeon pour raconter des salades. Un dicton aviaire dit d'ailleurs : « La vérité sort du bec des pigeons. »

— C'est vrai[66], avoua Jaboterne d'un ton penaud.

Ils entendirent des criailleries à l'extérieur du nid.

— Qu'est-ce qu'elles préparent ?

— Ce sont des perruches, répondit Sept d'une voix d'outre-tombe. Attendez-vous au pire.

— Allons, allons, ma chère Sept, tout de suite les grands mots.

Sept releva le bec. Loca venait de remplacer son acolyte au poste de geôlière. Son plumage vert paraissait argenté dans le rayon de lune qui éclairait l'entrée. La perruche jouait avec un branchage d'un air nonchalant. Sa patte retourna adroitement le bâtonnet, qu'elle décortiqua puis débita avec son bec. Le message était clair : essayez quoi que ce soit, et vous finirez aussi en petits morceaux.

— C'est elle, la perruche cinglée qui a massacré ta famille ? s'enquit Chantperdu.

Sept rêva soudain d'un univers alternatif où on lui aurait donné des coéquipiers plus subtils.

— Ah, c'est comme ça que tu parles de moi à tes amis, Sept ? jabota aussitôt Loca. Au moins c'est touchant de voir que tu leur as raconté notre histoire…

Elle jeta le bâtonnet sur le côté et s'avança en sautillant dans la galerie obscure du nid.

— Mais vous a-t-elle raconté toute notre histoire ? continua-t-elle. Non ? La faute à sa timidité, sans doute. On ne s'en douterait pas en la voyant comme ça, avec son air coriace, mais notre corneille préférée est une grande timide.

Sept sentit peser sur elle les regards interrogateurs de ses coéquipiers. Elle resta silencieuse tandis que Loca continuait d'avancer. Dans la pénombre, on ne discernait que sa silhouette, ce qui la rendait plus inquiétante encore.

— Par exemple, est-ce qu'elle vous a raconté comment elle m'a fait culpabiliser pendant des mois en m'accusant d'être responsable de son mal-être, parce que je ne voulais pas m'évader avec elle ? Alala, cette Sept, quelle actrice, toujours si mélodramatique ! C'est pour ça qu'on l'aime, n'est-ce pas ?

Un silence troublé lui répondit. Loca se dandina davantage vers eux et continua son monologue aux faux accents joyeux.

— Est-ce qu'elle vous a raconté aussi comment j'ai finalement accepté de l'aider parce qu'elle m'avait promis qu'on resterait ensemble quoi qu'il arrive, qu'elle ne m'abandonnerait *jamais* ? Je ne sais pas pour vous, mais moi, les serments, c'est mon péché mignon, j'ai toujours envie de les croire… Pourtant, c'est bien connu, les promesses n'engagent que ceux qui les écoutent !

La perruche se rapprocha encore. Sa silhouette semblait grossir dans l'ombre, envahissant toute la galerie.

— Et moi (quelle tête de linotte !), j'ai écouté. Alors vous pouvez imaginer mon idiote, ma ridicule, ma prévisible déception quand j'ai vu notre chère Sept se rapprocher d'une communauté de corneilles, quelques jours à peine après notre évasion, et me planter là. D'autres perruches auraient compris le message, mais que voulez-vous, je suis bêtement optimiste. J'ai cru que Sept parlerait de mon cas à ses nouvelles amies, qu'elle les convaincrait de m'accueillir parmi elles, bien sûr, c'était ça le plan qui se cachait dans sa grande caboche… J'y croyais tellement que je suis revenue dix, quinze fois dans l'entourage des corneilles, malgré les insultes, malgré les coups de bec. À chaque tentative, j'espérais que Sept me défendrait, mais non, elle restait silencieuse et prétendait ne pas me voir. Sans doute que je la gênais.

Loca avait lancé cette dernière tirade avec une si grande amertume que, l'espace d'un instant, Sept se sentit honteuse. Ses yeux commençaient à s'habituer à l'obscurité ; elle pouvait voir la posture meurtrie de la perruche.

— Voilà comment je me suis retrouvée toute seule, moi qui étais si sociable que j'avais fini par devenir l'amie des humains, conclut Loca.

Ses plumes s'ébouriffèrent brièvement, comme si elle essayait de chasser un mauvais souvenir. Elle grignota un de ses doigts avec son bec.

— Heureusement, après des mois d'errance solitaire dans la région, j'ai fini par atterrir à Brussailes, où j'ai découvert que d'autres perruches évadées comme moi avaient formé une grande famille.

Au même instant, des jacasseries s'élevèrent à l'extérieur du nid. Le gros de l'escadrille revenait en commentant l'alerte incendie. Dans la logette, un silence de plomb régnait. Jaboterne et Chantperdu s'étaient imperceptiblement écartés de Sept, et cette désolidarisation lui fit plus mal qu'elle n'aurait voulu l'admettre. Que pouvait-elle leur dire ? Il y avait de la vérité dans les paroles de Loca. La perruche avait raison, elle, Sept, avait été faible, lâche et égoïste au moment où son amie avait le plus besoin de son soutien. Mais le souvenir de sa couvée perdue dissipa sa culpabilité comme fumée au vent.

— Quel que soit le tort que je t'ai fait, finit par dire Sept, cela ne justifiait pas ta vengeance abominable.

— Et toi, comment tu qualifierais la tienne, de vengeance ? siffla Loca en reposant sa patte. Tu as mis le feu à ma colonie !

Chantperdu choisit alors ce moment pour intervenir :

— C'était juste une diversion ! On est venus rapporter les preuves que c'est vous, les voleuses d'œufs ! Les massacreuses de couvée ! Les tueuses d'oisillons ! Les...

— Regarde à tes pattes, petit rouge-gorge, le coupa Loca. Est-ce qu'il y a la moindre trace de coquille d'un œuf étranger dans ce nid ?

Décontenancé, Chantperdu obtempéra et examina comme il le put l'enchevêtrement de branches sur lequel ils se trouvaient.

— Non, mais c'est parce que... parce que... (il cherchait une explication à ce constat inattendu)... parce que Sept a déjà mis les écailles dans la pochette, bien sûr !

En guise de démonstration, il sautilla vers la pochette étalée devant eux et en souleva le bout d'un mouvement vif. Des éclats blancs, bleus, beiges, bruns s'en échappèrent, les fragments d'œufs de vingt, trente espèces différentes, tous brisés. Sept regarda l'étalage d'écailles et comprit que la situation avait fini de lui échapper.

— Voilà ! s'exclama Chantperdu, triomphal.

Loca agita vivement la tête de haut en bas tandis que des petits gazouillis s'échappaient de son gosier. Elle était hilare. Il lui fallut un certain temps pour retrouver sa contenance.

— Si je t'emmenais à présent dans chacun des nids de cette colonie, tu ne trouverais rien, dit finalement Loca. Aucune écaille étrangère, nulle part, tout simplement parce qu'on n'a jamais volé un seul œuf.

— Mais… La pochette…

— Les écailles se trouvaient déjà dedans, intervint alors Jaboterne.

Le pigeon s'était exprimé avec son hésitation habituelle, pourtant un éclair de clairvoyance luisait dans ses yeux orange, rendus rouges par l'obscurité. Il se tourna vers Sept et cette dernière réalisa alors qu'elle avait méjugé son intelligence.

— *« Les corneilles sont des oiseaux opportunistes. Tout ce qu'une espèce peut nous apporter de comestible est bon à prendre »*, récita Jaboterne. C'est toi-même qui me l'as dit.

Et il conclut d'un air consterné :

— Ce sont les corneilles qui ont volé les œufs.

Chapitre 17

LA CHUTE

OÙ

Loca se débarrasse de nos passereaux d'une façon inattendue

Un silence lourd comme le ciel avant l'orage suivit l'intervention de Jaboterne. Ce dernier gardait son œil rivé sur Sept. La corneille avait détourné le regard, plus hermétique que jamais. Chantperdu, l'air incrédule, ne pipait mot.

— Alors c'était ça, votre grand plan pour nous forcer à quitter Brussailes ? finit par dire Loca d'un ton allègre, comme si la turpitude des corneilles était pour elle un motif de réjouissance. Voler les œufs des autres espèces, et nous accuser à votre place ?

Comme Sept ne répondait rien, Loca continua :

— Et cette idée vient de toi, évidemment. Tu serais prête à crever le bec ouvert pour me faire disparaître de cette ville.

Cette pensée, loin de l'alarmer, semblait lui procurer une intense satisfaction. Sept sortit enfin de son mutisme :

— Non, ce n'était pas mon idée. C'est le chef de la délégation des corvidés qui a monté ce plan. Les freux, les geais, les pies, ils étaient dans le coup eux aussi. Ils ont fait semblant d'être victimes des vols aussi pour ne pas attirer les soupçons.

Chantperdu eut un pépiement de désespoir face à cet aveu. Jaboterne songea à tous les couples d'oiseaux qui avaient perdu des œufs, tous ces nicheurs qui étaient revenus chez eux pour trouver leurs couvées vandalisées…

— Comment as-tu pu participer à ça, Sept ? souffla-t-il.

— Je n'ai jamais volé un œuf, se défendit la corneille. On m'a simplement désignée pour accomplir cette mission. Sans doute parce que j'avais une motivation supplémentaire pour la mener à bien, ajouta-t-elle en fixant Loca d'un air indéchiffrable.

— Mais… Les coquilles d'œufs… Comment se sont-elles retrouvées dans la pochette ? demanda Chantperdu. On a passé tout notre temps ensemble depuis qu'on a récupéré ce truc rose dans le fatras des humains !

Jaboterne repensa à leur périple. Ils ne s'étaient presque pas quittés, sauf…

— Sept n'était pas avec nous ces trois derniers jours, quand on faisait du repérage, fit-il remarquer.

À nouveau, la corneille le regarda comme si elle s'étonnait qu'il puisse parfois faire preuve de perspicacité.

— J'ai profité du fait que vous étiez occupés à surveiller les perruches pour aller récupérer des coquilles dans les nids abandonnés des environs.

Même si Jaboterne savait depuis le début que les corneilles étaient retorses, la duplicité de Sept le frappait droit au cœur. Après toutes les épreuves qu'ils avaient traversées ensemble, il avait fini par espérer que la corneille serait un peu différente de ses congénères – il prenait à présent la mesure de sa naïveté.

En cet instant, il aurait voulu pouvoir s'échapper de la logette, oublier les coquilles d'œufs, les faucons, les perruches et Sept, en bref tout laisser derrière lui et revenir aux temps plus simples où la chasse aux frites était sa seule préoccupation. Mais il était impliqué dans cette histoire. Et Loca lui barrait la route.

Il prit une profonde inspiration et se tourna vers la perruche.

— Je suis désolé d'avoir participé à cette mascarade sans le savoir. Nous étions censés ramener la pochette avec les coquilles à la prochaine session du Parlement des Oiseaux, qui aura lieu à midi. À la place, je propose de leur ramener la vérité sur les réels coupables de l'affaire des œufs.

Il s'était exprimé avec toute la solennité dont il était capable, conscient qu'il venait de s'attribuer un rôle dangereux, celui de redresseur de torts. Aussi fut-il décontenancé lorsque la perruche réagit à sa courageuse proposition par un accès d'hilarité.

— Très beau, très honorable, monsieur le pigeon. Franchement, j'aplatirais bien bas ma houppe si j'en avais une. Malheureusement, à supposer que tu parviennes jusqu'au

Parlement des Oiseaux sans encombre, que me valent les promesses d'un pigeon ? Les corvidés contrôlent le Parlement. Ils te riront au bec, ils te feront disparaître, et ils continueront à monter les autres espèces contre nous…

Elle ajouta d'un air pensif :

— Non, la meilleure défense que nous ayons face à cette calomnie, c'est la guerre.

Jaboterne sentit Sept se raidir à ses côtés. Lui, encore mortifié par ses moqueries, ne saisissait pas la portée des propos de la perruche. La guerre, mais de quoi parlait-elle ? On ne pouvait pas entrer en guerre comme ça, sur une simple déclaration. La guerre, c'était un concept romantico-dramatique, le genre de mots que les mâles célibataires se lançaient pour faire de l'esbroufe, ça n'avait rien de sérieux…

— Qu'est-ce que tu comptes faire, Loca ?

Cette fois-ci, c'était Sept qui s'était exprimée. Sous ses dehors calmes, Jaboterne la sentit fébrile.

— Le Parlement se réunira à midi, c'est bien ça, monsieur le pigeon ? sifflota Loca. Tous les représentants des oiseaux de Brussailes rassemblés au même endroit. Une opportunité parfaite pour faire comprendre à chaque volatile de cette ville ce qu'il en coûte de s'en prendre aux perruches.

— Tu es folle ! s'exclama Sept.

— Merci qui ?

Sur ces mots, la perruche sautilla vers la sortie de la logette. Avant que les trois oiseaux n'aient pu réagir, ils l'entendirent ordonner à ses congénères de boucher le nid. Aussitôt, une demi-douzaine de perruches se précipitèrent sur l'entrée et réarrangèrent les branchages pour clore la logette, enfermant Sept, Chantperdu et Jaboterne dans un cocon obscur. La corneille se mit à jurer. Dehors, les criailleries des perruches redoublèrent de vigueur. Ils pouvaient entendre Loca haranguer ses congénères en accusant les oiseaux de Brussailes d'avoir essayé d'incendier leur colonie.

— Qu'est-ce qu'elles vont faire, Sept ? finit par demander Chantperdu.

— Elles vont attaquer le Parlement et tuer les représentants des oiseaux, répondit Sept d'un ton haché. Vous pouvez dire adieu à la paix.

— On a dit adieu à la paix le jour où vous avez commencé à voler des œufs et à faire accuser les perruches à votre place, répondit vertement Jaboterne.

— Les perruches ont assassiné ma famille ! croailla Sept avec dépit.

— Loca a assassiné ta famille, pas les perruches !

— Ça ne sert à rien de se disputer maintenant ! intervint Chantperdu.

Le rouge-gorge était venu s'interposer entre Sept et Jaboterne qui, tassés dans la logette, étaient prêts à s'envoyer des coups de bec.

— Il faut qu'on trouve une solution pour sortir d'ici et alerter le Parlement des Oiseaux de l'arrivée des perruches ! s'exclama-t-il. Au moins, on évitera un massacre.

Sept et Jaboterne rentrèrent le cou à contrecœur.

— Tu as raison, finit par dire Sept.

— Oui, concéda Jaboterne à son tour en songeant qu'à ce stade ils avaient tous intérêt à coopérer.

Au même moment, une violente secousse agita le nid entier. Jaboterne et Sept se cognèrent l'un contre l'autre tandis que Chantperdu alla rouler jusqu'au bout de la galerie d'accès.

— Keskispasse ? pépia-t-il.

En guise de réponse, une nouvelle secousse l'envoya valser dans l'autre sens. Le nid se mit à trépider sans discontinuer, ballottant ses occupants de gauche à droite et de bas en haut.

— C'est Lo-ca, elle est... en train... de dé-cro-cher le nid de l'arbre, articula Sept au rythme des soubresauts.

À peine avait-elle fini sa phrase qu'une secousse particulièrement violente les envoya valdinguer à l'envers.

— Bon voyage ! leur cria la voix lointaine de Loca.

Ils sentirent que le nid décroché rebondissait sur une branche plus basse, avant de rouler sur celle-ci, transformant l'habitacle en véritable essoreuse. Il y eut un bref moment de suspension – la chute libre – suivi d'un choc terrible – l'atterrissage.

Le nid avait survécu au traumatisme. Ses occupants, moins. Jaboterne était coincé sur le dos, les pattes en l'air et la tête écrasée par le bréchet de Sept. Ses plumes froissées et retournées le démangeaient horriblement. Il entendait Chantperdu gémir dans un coin de la logette.

Sept se redressa et fit culbuter Jaboterne sur ses pattes en le poussant avec sa tête.

— Ça va ? demanda-t-elle. Chantperdu, tu as tenu le coup ?

— Oui, marmotta le rouge-gorge.

Il fit alors une remarque pertinente :

— Pourquoi est-ce qu'elle a nous a dit « Bon voyage » ?

Ce à quoi Jaboterne ajouta :

— Pourquoi ça vibre ?

Le « ça » désignait le nid entier. Un frisson désagréable leur secouait les os, déjà bien désorganisés par leur dégringolade. Un bruit métallique et pétaradant résonnait autour d'eux, comme si…

— Dites, on ne serait pas tombés sur une vrombe en train de rouler, quand même ?

Chapitre 18

LA PROMESSE DE L'AUBE

OÙ

Jaboterne se découvre un talent

Chantperdu avait vu juste : Loca s'était débrouillée pour que le nid tombe sur une vrombe roulant sur l'avenue toute proche. Entre le maillage étroit de branchages, ils pouvaient apercevoir les bords métalliques du plateau de la vrombe qui filait à vive allure, éclairée par les lumières des faubourgs. Loca avait anticipé sur leurs projets de fuite et s'était arrangée pour les envoyer le plus loin possible de la colonie.

— À sa place, je nous aurais juste réduits en charpie, ça aurait été plus simple, marmonna Chantperdu, qui observait les alentours, l'œil collé contre un petit trou des branchages. Elle doit tenir un peu à toi quand même, Sept.

— Il faut qu'on sorte d'ici, se contenta de dire la corneille.

Du bout du bec, elle digonna dans la paroi pour tester la solidité de l'écheveau de ramilles.

— Ça va me prendre du temps, mais je devrais réussir à démêler les branchages pour dégager une sortie, fit-elle. Jaboterne, toi tu…

— Je ne ferai rien tant qu'on n'aura pas la certitude que le Parlement des Oiseaux finira par entendre la vérité sur cette histoire d'œufs, la coupa Jaboterne.

Chantperdu décolla l'œil de son trou de branchages.

— Ça ne servira à rien de sauver les membres du Parlement des Oiseaux si c'est pour qu'ils décident ensuite de se venger des perruches, poursuivit Jaboterne. On ne sortira pas de la guerre comme ça. Il faut que Brussailes sache la vérité sur ce qui s'est vraiment passé avec les œufs. C'est le seul moyen d'arrêter cette escalade de violence.

— Qu'est-ce que tu veux que je fasse ? demanda Sept d'un ton irrité.

— Loca a raison, personne n'écoutera un pigeon, ou même un rouge-gorge. Il faut qu'une corneille parle. Il faut que tu abandonnes tes idées de vengeance et que tu dises la vérité devant le Parlement des Oiseaux.

Sept se frotta le bec contre une branche. Jaboterne attendit, fermement décidé à ne pas bouger une plume tant qu'elle n'aurait pas pris des engagements.

— Ce n'est pas si simple, fit-elle. Ce n'est pas qu'une question de vengeance. Si je révèle la vérité, je trahis ma communauté, ma famille… Les répercussions seront…

— Tu nous dois bien ça, Sept, intervint alors Chantperdu. Jaboterne et moi, on a risqué notre vie plein de fois dans cette affaire. Tout ça pour un mensonge.

Le rouge-gorge s'était campé sur ses petites pattes, adoptant la même posture inflexible que Jaboterne. L'indécision de Sept sembla s'accroître.

— Je…

Elle baissa le bec et ferma les yeux.

— D'accord, je dirai la vérité devant le Parlement des Oiseaux.

— Jure-le !

— Je le jure.

Jaboterne hocha la tête. Une phrase de Loca flottait cependant dans un coin de son esprit : *« C'est bien connu, les promesses n'engagent que ceux qui les écoutent ! »* Il décida de l'ignorer et de donner une chance à Sept. De toute façon, il n'avait pas d'autre choix.

La corneille et lui s'attelèrent à arracher les ramilles du nid pour dégager une sortie à l'aide de leurs becs. C'était un travail lent et fastidieux, facilité toutefois par le mauvais état de leur geôle, que la chute avait bien cabossée. Sept décoinçait les branchages et Jaboterne tirait dessus en reculant pour les arracher à l'enchevêtrement. Chantperdu faisait de son mieux pour les aider mais, du fait de sa petite taille, il ne pouvait démêler que les plus petites brindilles.

Ils voyageaient sur la vrombe depuis une vingtaine de minutes lorsque enfin apparut un trou assez large pour laisser passer un petit oiseau. Chantperdu se faufila entre les branches et disparut à l'extérieur.

— Whaouh, je sais pas où on est arrivés, mais on n'est plus à Brussailes ! s'exclama-t-il par-delà la paroi de ramilles.

— Ça ressemble à quoi autour de toi ?

— Je ne vois pas grand-chose parce qu'il fait encore tout noir, mais on est en train de rouler sur une route qui traverse une sorte de très, très, très grand jardin.

— On est à la campagne, traduisit Sept. Aide-nous à retirer les branches de ton côté !

Assistés de Chantperdu, ils parvinrent à agrandir le trou pour faire passer Jaboterne puis, quelques branches plus tard, Sept. La pochette, qui n'était plus d'aucune utilité, resta à l'intérieur. Ils se retrouvèrent ainsi tous les trois sur le plateau ouvert de la vrombe, perchés sur des seaux retournés[67]. L'air froid d'automne se cognait contre leurs plumes. Des étoiles brillaient au-dessus d'eux. Ce n'était pas un ciel nocturne d'une clarté irréprochable (il y avait encore trop d'habitations et de véhicules essaimés dans la campagne pour cela), pourtant Jaboterne n'avait jamais vu autant d'astres de sa vie. Il aurait pu se perdre dans la contemplation des constellations, mais une pâleur à l'est annonçait l'aube et, avec elle, l'attaque des perruches contre le Parlement des Oiseaux. Sept, Chantperdu et Jaboterne s'envolèrent et allèrent se poser sur une clôture, tandis que la vrombe poursuivait sa route vers des contrées lointaines.

67 - ***En plus des seaux, il y avait là des pelles, des brouettes, des sécateurs et un gros taille-haie. Ils se trouvaient sur le pick-up d'une entreprise de jardinage qui avait rendez-vous à huit heures précises pour nettoyer – les oiseaux diraient saccager – un grand parc privé.***

— Elles vont attendre que la séance du Parlement s'ouvre pour attaquer, à midi. On a à peine quatre heures devant nous, estima Sept.

— Je n'ai fichtrement aucune idée de l'endroit où on se trouve, ni de par où il faut aller pour revenir à Brussailes, dit Chantperdu.

— Moi non plus, soupira Sept.

— Moi non plus, dit Jaboterne en se joignant par automatisme à l'aveu d'impuissance général.

Sept releva le bec et émit un croassement épiphanique.

— Jaboterne, toi, tu peux nous ramener à Brussailes !

— Ah bon ? s'étonna Jaboterne.

— Mais oui, vous les pigeons, vous êtes des as de l'orientation !

— Ah bon ? répéta Jaboterne – c'était bien la première fois de sa vie qu'on lui attribuait un don.

— Vas-y, réfléchis un peu, par où se trouve Brussailes, à ton avis ?

Interloqué, Jaboterne essaya de se concentrer, fouillant dans son cerveau pour y dénicher une hypothétique carte mentale. Rien ne venait.

— Je ne sais pas…

— Mais si, allez, pense aux choses auxquelles tu tiens à Brussailes, insista Sept. Il paraît que c'est comme ça que vous faites, vous êtes aimantés par ce que vous aimez.

— Allez, Jab', tu peux le faire, renchérit Chantperdu en sautillant avec enthousiasme.

Jaboterne se concentra à nouveau de toutes ses forces. Il invoqua les choses brussailoises qu'il aimait – les frites écrasées de la place Jourdan, les douces pentes boisées du parc Léopold, une certaine oiselle tachetée nommée Grivaile…

Et soudain – était-ce l'image de la pigeonne ou la confiance que venaient de lui témoigner Sept et Chantperdu ? – il *sut* – avec la même certitude qu'une grive musicienne savait chanter et un canard colvert nager – dans quelle direction se trouvait Brussailes. Un instinct improbable venait de s'éveiller en lui, une sorte de magnétisme organique qui lui dictait que sa ville natale se trouvait à environ soixante-cinq mille battements d'ailes de leur position, vingt-trois degrés nord-ouest.

Il releva le bec et regarda ses coéquipiers, l'œil débordant d'une fierté nouvelle. Chantperdu vloppa de joie.

— Allez, Jab', pas de temps à perdre, on a Brussailes à sauver, ramène-nous là-bas !

Chapitre 19

LE CHANT RETROUVÉ

OÙ

notre rouge-gorge
donne une leçon
de panache

Un chapelet lumineux de villages s'égrenait le long des routes que Sept, Chantperdu et Jaboterne survolaient. Les cônes blafards des vrombes perçaient le brouillard paresseux sous lequel dormait la campagne. La brume s'évaporait à l'est, où le soleil levant avivait les couleurs – le brun des champs retournés, le vert des herbages et le rouge des maisons en brique.

Les trois oiseaux, déjà épuisés par leur nuit sans sommeil, dévièrent un peu de la trajectoire donnée par Jaboterne pour mettre le cap sur une large autoroute qui se coulait dans le paysage tel un énorme serpent gris aux rayures blanches. L'autoroute charriait vers Brussailes des hordes de vrombes. Les véhicules, toujours plus nombreux, soulevaient un courant d'air chaud que les trois oiseaux mirent à profit pour soulager un peu leurs ailes éreintées. C'était une idée de Sept, bien sûr.

Hormis de courts échanges pour ajuster la trajectoire, ils parlèrent peu. Sept s'était renfermée dans son mutisme. Chantperdu concentrait toute son énergie sur son vol, car il était de loin le plus lent des trois, malgré ses efforts déchaînés pour ne pas se faire distancer. Jaboterne se sentait

coincé quelque part entre le sommeil et la panique. Ses ailes battaient malgré tout avec une force et une régularité surprenantes. Il s'étonnait de sa propre endurance, lui qui n'avait jamais volé plus de trois minutes dans sa vie. Il décida de prendre la tête de leur trio pour tailler le vent et soulager ses partenaires.

Ils volaient depuis plusieurs heures déjà lorsqu'ils virent apparaître au loin les contreforts moutonnants de la forêt de Soignes, qui bordait le sud de Brussailes. L'autoroute s'y engouffrait, disparaissant en partie sous la ramure éclaircie des hêtres. Sept, Chantperdu et Jaboterne suivirent son tracé, survolant des hectares de bois d'où montait un brouhaha d'oiseaux sylvestres. Une atmosphère moite se dégageait de la canopée réchauffée par les rayons matinaux. Ils croisèrent une escadrille de bernaches qui migraient en V vers le sud et quelques groupes de mouettes en provenance de la côte, en route pour aller se nourrir dans les champs. Les oiseaux lancèrent des regards surpris à leur étrange équipage. Il faut dire qu'il n'était pas commun de voir un rouge-gorge, une corneille et un pigeon voler de concert.

Le soleil était déjà haut dans le ciel lorsqu'ils achevèrent leur survol de la forêt de Soignes et atteignirent les faubourgs huppés de Brussailes, où se trouvait le parc de la colonie. Chantperdu avait de plus en plus de mal à suivre le rythme. Jaboterne et Sept ralentirent la cadence pour lui permettre de rester à leur hauteur. La forme sombre du cèdre se dessina au loin, entre l'étang et l'avenue de platanes. Plus aucune fumée ne s'en échappait.

— Vous pensez qu'elles sont toujours là-bas ? haleta Chantperdu.

— Plus pour longtemps, répondit Sept. Il nous reste à peine une heure avant l'ouverture de la séance.

— Dépêchons, alors, dit Jaboterne.

Ils laissèrent derrière eux le parc de la colonie et poursuivirent leur route en direction du Parlement, survolant une mer d'immeubles et d'étroits jardins enclavés. Les constructions devenaient de plus en plus denses à mesure qu'ils se rapprochaient du centre de Brussailes. Chantperdu semblait avoir dépassé le seuil de l'épuisement et battait des ailes par saccades, perdant de l'altitude chaque fois qu'il tentait de planer pour reposer ses membres ; Sept avançait à moitié de travers, gênée par son aile convalescente. Seul Jaboterne volait encore à peu près droit, même si chaque muscle de son corps lui criait de se poser.

Ils remontèrent une vaste avenue bordée d'immeubles rutilants qui venait s'échouer sur un parc à la forme géométrique : le parc du Cinquantenaire. La vue de cet espace vert donna un coup de fouet à Jaboterne, car il le savait tout proche de leur destination. Le soleil n'avait pas encore atteint le zénith ; encore un peu d'efforts, et ils seraient au parc Léopold à temps pour dire au Parlement de se disperser avant l'arrivée des perruches.

— On y est presque ! lança-t-il.

Soudain, une tache noire apparut à la périphérie de sa vision, dévalant du ciel à une vitesse phénoménale. Le cerveau de Jaboterne perdit une précieuse demi-seconde à identifier cet objet volant.

— FAUCON ! hurla-t-il. Dispersez-vous !

Aussitôt, Sept et Chantperdu s'écartèrent de lui en panique. Jaboterne resta seul au milieu. Ses yeux hauts placés, qui donnaient à son espèce un air perpétuellement ahuri, révélaient soudain leur utilité : il pouvait voir derrière lui que le faucon pèlerin l'avait choisi comme proie, fonçant sur lui à toute berzingue grâce au fuselage impeccable de ses ailes repliées. Jaboterne accéléra, repliant ses ailes à son tour et raccourcissant ses battues.

Il n'était jamais allé aussi vite de sa vie, mais un pigeon ne pouvait battre au sprint l'oiseau le plus rapide au monde.

Alors que le faucon s'apprêtait à le frapper de ses serres, Jaboterne tenta le tout pour le tout. Il vrilla, plongea, partit en torpille, se tordit dans tous les sens, essayant de perdre le rapace dans un déluge d'acrobaties aériennes.

Ses manœuvres désespérées firent mouche : le faucon avait accumulé trop de vitesse lors de son plongeon en piqué pour suivre ses changements de direction. Il ralentit, laissant à sa proie le sursis nécessaire pour atteindre les arbres du Cinquantenaire. Jaboterne plongea à corps perdu entre les branches du premier platane venu.

Le rapace écarta les ailes et abandonna sa chasse avec un cri de dépit[68]. Jaboterne regarda sa forme floue s'éloigner en planant. Il était trop occis pour réaliser qu'il venait de survivre à sa deuxième attaque de rapace. Il se réfugia sur une branche du platane en essayant de calmer son cœur, qui battait comme les ailes d'un colibri. Sept et Chantperdu. Est-ce qu'ils étaient saufs, eux aussi ? Le faucon s'était-il retourné contre eux, après avoir raté Jaboterne ?

68 - ***Si les faucons sont les maîtres incontestés du ciel ouvert, ils ont en revanche beaucoup plus de mal à naviguer entre les ramures.***

Un choc terrible l'arracha à sa branche. Ses os s'entrechoquèrent. Jaboterne crut un instant qu'une vrombe lui avait roulé dessus, mais non, les vrombes ne volaient pas, et d'ailleurs l'articulation de son aile était prise en tenaille dans une serre jaune. La serre était trop fine pour appartenir au faucon. Jaboterne leva l'œil et vit la silhouette d'une épervière qui l'entraînait inexorablement vers le sol. Il comprit alors que le faucon n'avait fait que le rabattre vers les arbres où l'épervière, habituée à la chasse dans les fourrés, l'attendait.

Jaboterne essaya de se dégager en agitant son aile encore libre, mais la course-poursuite avec le faucon l'avait vidé de son énergie. L'épervière l'écrasa au milieu d'une pelouse et planta ses tarses dans son poitrail. Elle commença à lui arracher les plumes et des lambeaux de peau avec son bec. Jaboterne comprit qu'il allait se faire décharner vivant.

Un croassement féroce retentit alors.

— Dégage !

Une forme noire fondit soudain sur l'épervière et l'envoya bouler loin de sa proie.

— Sept ! s'écria Jaboterne.

La corneille n'aurait pas fait le poids face à un faucon, mais elle était presque aussi grosse que l'épervière. Un combat de titans s'engagea. Sept et l'épervière se griffèrent, se harponnèrent le cou, se frappèrent de leurs ailes. Jaboterne essaya de se remettre sur ses pattes. Des plumes grises sanguinolentes jonchaient la pelouse autour de lui. À quelques battements d'ailes de lui, l'épervière avait pris le dessus sur la corneille épuisée. Son bec pinça violemment l'échine de Sept. Jaboterne vloppa dans sa direction pour venir à la rescousse de sa coéquipière, mais il fut aussitôt percuté par un poitrail blanc moucheté et plaqué sur le sol par une énorme serre. Le faucon avait rejoint la partie lui aussi.

— Où est le machin rose que vous trimballez partout ? pipa l'épervière.

— On ne l'a plus ! croailla Sept. On l'a laissé derrière nous !

— Vous mentez ! siffla le faucon.

— Pourquoi vous la voulez, cette pochette ? s'exclama Jaboterne en essayant de s'arracher à la poigne implacable du faucon.

— Ils ne veulent pas qu'on ramène au Parlement des Oiseaux la preuve que les perruches ont volé les œufs… répondit Sept. Mais elles ne les ont pas volés ! C'est nous qui avons volé les œufs, nous les corvidés !

— Chht, tais-toi, la corneille, on n'écoutera pas tes balivernes, ordonna le faucon. Ton espèce n'est qu'une vaste bande de manipulateurs. Toi, le pigeon, dit-il en se penchant vers Jaboterne, écrasé sous sa serre, dis-nous où est la pochette.

Jaboterne réfléchit à toute allure. Il ne voyait pas comment les sortir de cette situation. Les rapaces étaient de toute évidence persuadés qu'ils s'apprêtaient à ramener au Parlement la preuve de la culpabilité des perruches. Et même s'il réussissait à les convaincre du contraire, les prédateurs ne passeraient pas à côté d'un déjeuner gratuit.

— Alors ? insista le faucon en lui écrasant le cou avec sa serre.

Jaboterne n'arrivait plus à respirer. Il vit le faucon échanger un regard impatient avec l'épervière et sut que les rapaces allaient les dévorer sur place, maintenant. Le bec jaune vif du faucon luisit au-dessus de lui. Jaboterne ferma l'œil. Il ne voulait pas voir la mort arriver.

Un cri s'éleva alors de la canopée :

— Si vous voulez l'oiseau qui a le truc d'humain rose, venez me chercher !

Jaboterne rouvrit l'œil et le tourna vers la ramure du platane, la vue brouillée par l'asphyxie. Perdue entre les feuilles jaunies par l'automne, une tache rouge brillait. C'était Chantperdu, qui risquait tout, encore et toujours, pour les tirer d'affaire.

Les rapaces semblaient réticents à abandonner leurs proies pour se mettre en chasse du passereau. La solution évidente, c'était de régler le compte de Sept, de garder Jaboterne en otage, et de laisser l'épervière se lancer à la poursuite de Chantperdu.

Un chant de rouge-gorge s'éleva alors, un air éraillé, et pourtant débordant de bravade et d'enthousiasme :

Je vole libre comme l'air,
reluquez mes arrières.
Le bec dans les rameaux,
vous m'trouverez pas là-haut.
Je tomberai pas à terre,
sauf par le froid d'hiver.
Je suis petit passereau,
mais j'en vaux bien un gros !

Avec un choc, Jaboterne réalisa que Chantperdu avait retrouvé sa voix. À chaque vers, le chant montait en puissance, comme si le larynx réprimé du rouge-gorge avait décidé de rattraper en une rengaine toute une saison silencieuse.

Je trace les éperviѐres,
la faute à leur derrière !

S'ils avaient déjà été confrontés à ce genre de provocation, peut-être le faucon et l'épervière auraient-ils eu l'intelligence de ne pas tomber dans le piège tendu par Chantperdu. Mais, avec son chant, le rouge-gorge avait gratté la corde la plus sensible et la plus fragile des rapaces : leur orgueil. De mémoire d'oiseau, aucun passereau n'avait jamais osé se moquer ainsi d'un rapace. Encore moins de deux.

Je conchie les faucons,
la faute à mon croupion !

L'épervière claqua du bec.

— C'est le rouge-gorge qui m'a filé entre les pattes, il y a sept jours.

— On va lui faire les plumes, à ce petit piaf.

Les rapaces s'envolèrent, oubliant leurs proies prostrées à terre. La tache rouge s'éloigna aussitôt et disparut dans les ramures des platanes. Le chant, lui, continuait, résonnant entre les arbres avec des trilles toujours plus assurés, toujours plus provocants, toujours plus téméraires.

— Mais pourquoi est-ce qu'il continue de chanter ? souffla Sept.

— Pour le panache, répondit Jaboterne. Pour qu'on arrive au Parlement à temps.

Je tomberai pas à terre,
sauf par le froid d'hiver.

La mort dans l'âme, Jaboterne se remit sur ses pattes et trottina jusqu'à Sept pour l'aider à se remettre d'aplomb en la poussant du bec. La corneille était dans un sale état, elle aussi. Ils avaient tous les deux perdu trop de plumes pour les compter.

— Allons-y.

Ils s'envolèrent à leur tour en direction du parc Léopold. Tandis qu'ils s'éloignaient, luttant avec leurs corps amochés pour se maintenir en l'air, le chant atteignit son acmé :

Je suis petit passereau,
mais j'en vaux bien un gros !

Une note d'une intensité incomparable, qui semblait condenser toute une vie dans un son, résonna alors dans Brussailes. Jaboterne songea que le Dernier Chant, si un jour il advenait, ressemblerait aux adieux de Chantperdu.

Puis la note se cassa abruptement, et le silence se fit. Jaboterne sut alors que Chantperdu ne chanterait plus jamais.

Chapitre 20

LE RETOUR DE MISSION

OÙ

Jaboterne prend enfin de l'envergure

Ni Sept ni Jaboterne ne parlèrent de Chantperdu lors du court trajet qui les séparait encore du parc Léopold. D'un accord tacite, ils avaient décidé de réserver leur chagrin à plus tard. Ils ignorèrent également les autres douleurs, physiques celles-là, pour voler aussi vite que possible jusqu'au toit de la bibliothèque.

La session du Parlement venait d'être ouverte. La présidente geai annonçait l'ordre du jour lorsque Sept et Jaboterne déboulèrent sur le toit éclaboussé de soleil, au milieu des centaines de représentants qui exprimèrent en pépiements, cancanements, hululements et autres cris divers leur désapprobation de voir la séance perturbée ainsi.

En temps normal, Jaboterne aurait été mortifié de se retrouver au centre de l'attention, mais cela faisait un petit moment que le temps normal n'avait plus cours. Et surtout, il n'était plus le même pigeon que celui qui était parti en mission, huit jours auparavant. La mort de Chantperdu avait asséné le coup de grâce à sa timidité et à ses incertitudes. Il décida qu'il n'allait pas attendre que l'assemblée comprenne qu'elle avait affaire à deux des trois membres de l'équipe interespèce qu'elle avait missionnée huit jours auparavant.

Ainsi, sans tenir compte des huées, il alla se percher sur la cheminée centrale et prit d'autorité le rameau de parole. Sept se posa à ses côtés et foudroya du regard la foule criarde.

— Deux choses, attaqua Jaboterne. Non, trois. Premièrement, taisez-vous. Sept et moi sommes venus apporter le résultat de la mission d'enquête sur les vols d'œufs. Notre troisième compagnon s'est sacrifié pour nous permettre de venir vous parler à temps, alors vous avez intérêt à fermer vos becs et à nous écouter. Deuxièmement, continua-t-il en profitant du silence interloqué de l'assemblée (c'était la première fois qu'un pigeon les houspillait ainsi), préparez-vous à partir. Les perruches arrivent et elles vous en veulent.

— À mort, compléta Sept.

— Troisièmement, elles ont de bonnes raisons de vous en vouloir. Car la mission que vous nous avez confiée était pipée depuis le départ. Ce ne sont pas les perruches qui ont volé les œufs, et certains d'entre vous le savent parfaitement.

À cet instant, le corbeau freux fit un bond en avant et vint se poster sous la tribune.

— Sept ! croassa-t-il d'un ton menaçant.

Le vieux freux et la jeune corneille s'affrontèrent du regard. Un silence lourd se suspendit entre eux, pendant lequel Jaboterne retint son souffle. Sept baissa le bec.

Jaboterne comprit qu'elle avait flanché, qu'elle ne tiendrait pas sa promesse, que Chantperdu s'était sacrifié en vain.

— Les perruches nous en veulent car c'est nous, les corvidés, qui avons volé les œufs, et les avons fait accuser à notre place, déclara alors la corneille en relevant le bec.

L'aveu de Sept déclencha un raz-de-marée dans l'assemblée aviaire. La délégation des corvidés se défendit par des croassements scandalisés, les autres espèces poussèrent des cris d'orfraie, les pigeons s'envolèrent dans un mouvement de panique. Au beau milieu de ce charivari, Sept tourna la tête vers Jaboterne. Elle, la corneille si sûre d'elle, si condescendante, cherchait son approbation. Jaboterne la lui donna sans hésiter.

Il s'adressa à l'assemblée tumultueuse :

— On règlera nos comptes plus tard ! Pour le moment, ce qui importe, c'est de s'enfuir, car les perruches seront là d'un instant à l'autre !

Tandis que les délégations aviaires s'agitaient dans tous les sens, il ajouta à l'adresse de Sept :

— Sauve-toi aussi, on ne sait pas ce que Loca est capable de te faire.

— Qu'est-ce que tu comptes faire, toi ? s'alarma Sept. Pas rester ici, quand même ?

— Si, répondit Jaboterne. Quelqu'un doit parler aux perruches et essayer de les convaincre de repartir.

— C'est dangereux, objecta Sept avec une véhémence qui ne lui était pas coutumière. Loca va croire à un piège. Les perruches vont s'en prendre à toi.

— Qui pourrait s'inquiéter de moi ? Je suis juste un pigeon. On est une espèce insignifiante, c'est toi-même qui l'as dit, plaisanta Jaboterne.

Sa tentative d'alléger l'atmosphère tomba à plat. Sept avait serré ses ailes contre son corps. Ses yeux noirs étaient indéchiffrables. Elle ne prêtait aucune attention aux représentants du Parlement des Oiseaux, qui continuaient de s'invectiver pour déterminer si oui ou non il fallait s'enfuir.

Au loin, les ombres de deux rapaces apparurent dans le ciel. Jaboterne ne pouvait distinguer leurs plumages, mais il devina qu'il s'agissait du faucon et de l'épervière. Les oiseaux de proie planèrent un instant au-dessus de la bibliothèque avant de s'éloigner. Ils avaient acté leur échec.

Jaboterne baissa l'œil vers Sept.

— Il faut que je tente de parler aux perruches. Je dois bien ça à Chantperdu.

Il prit une profonde inspiration :

— Si tout va bien, je te retrouve dans deux heures dans la galerie où on s'est réfugiés après la première attaque des rapaces.

Sept releva le bec.

— Parfois, la seule chose qui permet au mal de ne pas triompher est l’action d’un oiseau courageux, finit-elle par dire. Je crois que tu es cet oiseau, Jaboterne.

Chapitre 21

LES POURPARLERS

OÙ

Jaboterne tente de négocier un accord de paix

Tous les volatiles avaient fini par quitter le toit de la bibliothèque. Certains s'étaient sauvés dès qu'il avait été question de danger ; d'autres s'étaient laissé convaincre par l'alliance improbable de Sept et Jaboterne (quand deux espèces si différentes donnaient la même alerte, cela méritait d'être pris au sérieux) ; les derniers enfin – surtout des corvidés – avaient cédé lorsqu'un canard colvert, envoyé en reconnaissance, était revenu à tire-d'aile en annonçant qu'une armada de perruches se dirigeait droit sur le Parlement.

Le parc Léopold s'était ainsi vidé de ses occupants, car les oiseaux des environs avaient suivi le mouvement et déserté la zone de conflit. Les humains vagabondaient dans ses allées, un peu surpris par l'absence soudaine des cygnes, foulques, oies qui le peuplaient d'ordinaire.

Seul Jaboterne était resté perché sur la cheminée de la bibliothèque, le rameau de parole entre les pattes. Il attendait l'armée verte, le trouillomètre à zéro, mais résolu comme jamais. « Chantperdu, je vais avoir besoin de ton courage », songea-t-il.

Le ciel se couvrit soudain d'une murmuration émeraude. Jaboterne s'efforça d'ignorer le sang qui pulsait dans ses veines. Elles étaient là, toutes les perruches de Brussailes, filant à travers le ciel tel un nuage vert vibrant au rythme de leurs battements d'ailes.

À leur tête, Loca cherchait l'assemblée parlementaire des yeux. Elle rencontra ceux de Jaboterne et parut interloquée de retrouver, campé sur le toit, le pigeon qu'elle avait envoyé à Perpète-lès-Oies la nuit précédente. Une vague de cris rauques, traduisant autant la déception que le soulagement, se répandit dans l'immense escadrille à mesure que les perruches s'étonnaient de ne trouver personne à affronter.

Loca adressa une volée de consignes à ses congénères et une dizaine d'éclaireuses se détachèrent aussitôt pour vérifier que les oiseaux brussailois ne couvaient pas une embuscade quelque part dans les fourrés environnants. Le reste des perruches alla se percher sur les hauts arbres qui entouraient la bibliothèque. On aurait dit que les ramures, dépouillées par l'automne, venaient soudain de retrouver leur verdure printanière. Jaboterne se sentit observé par une centaine d'yeux qui le brûlaient de leur attention. Il attendit.

Loca, après avoir distribué quelques instructions supplémentaires, se décida enfin à voler jusqu'à lui. Elle était à nouveau accompagnée des deux perruches qui avaient coincé Chantperdu et Jaboterne sur le chêne.

— Rebonjour, monsieur le pigeon, dit Loca en atterrissant juste devant son bec.

Elle regarda par-dessus ses scapulas, comme si elle s'attendait à voir surgir un négociateur un peu plus sérieux que le jeune colombidé qui lui faisait face.

— Bonjour, Loca, répondit Jaboterne sans bouger d'une plume.

— Il faut avouer que je ne pensais pas te retrouver seul ici, fit Loca d'un ton impatient (elle semblait avoir admis le fait qu'aucun parlementaire digne de ce nom ne se présenterait). Où sont les autres ? Où est Sept ?

— Ils se sont tous enfuis quand on leur a annoncé que vous veniez les massacrer. Je suis resté pour vous demander de repartir comme vous êtes venues, sans blesser personne.

Loca éclata de rire, hochant la tête de haut, le bec grand ouvert.

— Et tu crois qu'on va laisser un pigeon de rien du tout nous dicter notre conduite ?

— Tu as raison, je ne suis qu'un pigeon de rien du tout, répondit Jaboterne sans se déstabiliser. Mais le hasard a fait que je suis désormais votre meilleure chance pour vous établir durablement, et en paix, à Brussailes.

Il accompagna sa déclaration d'un regard appuyé aux deux accompagnatrices de Loca. Si la rancœur poussait cette dernière à la violence, Jaboterne avait l'intuition que toutes les perruches n'étaient pas comme elle. Trois jours d'observation attentive de leur espèce lui avaient permis de se rendre compte que la plupart n'aspiraient qu'à une vie tranquille. Loca avait juste attisé la peur d'une éviction pour les convaincre d'entrer en guerre.

Son intuition n'était pas mauvaise. Les deux compagnes de Loca – la grande perruche et celle à l'air autoritaire – échangèrent un regard indécis dans son dos.

— Vous pensiez que vous alliez bénéficier de l'effet de surprise pour imposer la terreur sur Brussailes, reprit Jaboterne. C'est raté. Tous les oiseaux savent à présent que vous étiez prêtes à entrer en guerre contre eux.

Sans laisser le temps à Loca de l'interrompre, il continua :

— Mais, heureusement, vous n'avez pas encore versé de sang. Et puis, je crois que vous avez des raisons légitimes d'être en colère.

Il redressa le cou et s'exprima plus fort pour s'adresser à toutes les perruches qui suivaient les pourparlers, perchées sur les hauteurs des arbres environnants :

— Depuis votre arrivée, on vous reproche d'avoir envahi Brussailes, alors que ce sont les humains qui vous ont déplacées ici. On vous accuse de prendre de la place, d'être bruyantes, de ne pas savoir vivre avec nous… En oubliant que d'autres espèces, établies depuis longtemps, sont encore plus indiscrètes et bruyantes.

Des murmures d'assentiment traversèrent l'auditoire. Une exclamation s'échappa de l'escadrille :

— Eh mais, P'pa, M'man, je le reconnais, c'est le pigeon dont je vous ai parlé, c'est lui qui m'a averti qu'il y avait un incendie !

— Ah bon, tu es sûr, mon chéri ?

— Sûr !

Le commentaire de Restaunid flotta dans l'air tandis que Jaboterne poursuivait son discours :

— On a même essayé de vous faire passer pour des voleuses d'œufs. Et, surtout, on ne vous laisse pas la possibilité de participer à la gestion de cette ville, alors que vous essayez d'y faire votre vie.

Loca s'apprêtait à couper la parole à Jaboterne, mais sa compagne à l'air autoritaire leva une aile.

— Attendons de voir ce que le pigeon a à nous proposer.

Son intervention donna une bouffée d'espoir à Jaboterne. Les perruches l'écoutaient toutes avec attention, dans un silence parfait qui changeait de leurs jacasseries habituelles. De loin, elles paraissaient former un groupe homogène, mais en les observant de plus près, comme Jaboterne l'avait fait, on décelait les multiples personnalités, aspirations et inquiétudes qui formaient leur communauté. Le groupe ne se mouvait dans son ensemble que par la force de ses liens. Voilà comment la résolution d'un seul de ses membres avait suffi à faire virer de bord l'escadrille entière. Voilà pourquoi Jaboterne espérait pouvoir inverser la tendance. Il prit une profonde inspiration.

— Ce que je vous propose, déclara-t-il, c'est que vous repartiez aujourd'hui sans brutaliser le moindre passereau, sans détruire le moindre nid. Laissez-nous la possibilité de punir nous-mêmes les vrais coupables de cette affaire, au lieu de vous venger contre leurs victimes. Et dès que cela sera fait, vous enverrez au Parlement des Oiseaux une délégation qui pourra vous représenter à l'avenir. Je vous donne ma parole que je ferai tout ce qui est en mon pouvoir pour que vous ayez désormais votre mot à dire à Brussailes.

Jaboterne était conscient que personne ne lui avait donné le moindre pouvoir et que par conséquent sa promesse ne valait pas grand-chose. Il espéra que les perruches ne s'en rendraient pas compte. Après tout, il avait secouru une escadrille entière de pigeons, survécu à deux attaques de rapaces, échappé à un chat, traversé la région à tire-d'aile, et même pris le tram. Si on ajoutait à cela le fait qu'il avait sauvé le Parlement des Oiseaux d'un massacre certain, et que personne d'autre ne s'était proposé pour rester face aux perruches, il se sentait tout à fait en droit de négocier un accord de paix.

— Les corvidés n'accepteront jamais que les perruches restent à Brussailes, lança Loca avec un ricanement sonore. Sept ne laissera pas ça arriver.

— Sept vient de révéler à tout le Parlement que les corvidés étaient les coupables de l'affaire des œufs, rétorqua Jaboterne. Les choses vont devoir changer, dans les mois à venir, ajouta-t-il avec toute la force de conviction dont il était capable. Les autres espèces ne se laisseront plus manipuler par les corvidés, pas après ces révélations. Ils devront répondre de leurs crimes. Et puis vous allez avoir des alliés. Les rapaces eux-mêmes souhaitent que vous restiez à Brussailes.

— Normal, ils veulent continuer de pouvoir nous chasser, lança une perruche depuis la cime d'un cyprès.

Un ramage approbateur accueillit cette intervention.

— Il n'empêche, ils soutiendront votre adhésion – peut-être pour de mauvaises raisons, mais ils la soutiendront, répliqua Jaboterne. Vous avez une opportunité unique devant vous. Ne la laissez pas passer pour accomplir la vengeance d'une seule d'entre vous.

En disant cela, il fixa Loca avec ostentation. Les plumes de la perruche s'ébouriffèrent. Elle semblait prête à le plumer sur place. Cette réaction n'échappa pas à ses deux congénères : la plus grande sauta en avant pour se placer entre Jaboterne et elle. Celle à l'air autoritaire prit la parole :

— Vu la situation, il serait idiot de végéter plus longtemps ici. Tes propositions ont été entendues, jeune pigeon. Nous allons leur accorder toute la considération nécessaire.

Après un instant de réflexion, elle ajouta :

— J'ai vraiment des doutes sur la volonté du Parlement des Oiseaux de nous compter parmi ses membres – mais j'ai envie d'être optimiste, et je crois que mes compagnes aussi.

Des criailleries approbatrices s'échappèrent de l'auditoire. Une joie timide envahit Jaboterne. Ce n'était pas la paix, pas encore, mais il avait réussi à éloigner le spectre de la guerre, et c'était déjà phénoménal. Il déchanta quelque peu lorsque la perruche se pencha tout près de lui et ajouta :

— D'ici là, je déconseille au Parlement des Oiseaux de tenter quoi que ce soit à l'encontre de notre colonie. Les représailles seraient terribles.

Sur ces mots, la perruche s'envola, entraînant avec elle une myriade d'oiseaux. L'escadrille s'éloigna dans un brouhaha considérable. Jaboterne se sentit empli d'une fierté indescriptible. Personne ne voulait vraiment la guerre. Personne à part Loca.

La perruche fut la dernière à s'envoler. Elle n'avait pas lâché Jaboterne des yeux. Les plumes de sa nuque n'étaient plus hérissées, mais quelque chose dans son regard lui fit froid dans le dos.

— Passe le bonjour à Sept, se contenta-t-elle de dire avant de décoller.

Jaboterne la regarda rejoindre ses camarades, qui ne formaient déjà plus qu'une ligne verte à l'horizon, et se sentit soudain très fatigué. Il n'arrivait pas à croire qu'une seule journée s'était écoulée depuis que Chantperdu et lui avaient amassé un tas de feuilles sous la colonie des perruches. Il n'arrivait pas à croire que, le matin même, le rouge-gorge était encore vivant.

En bas, dans les allées du parc, les humains pointaient le ciel du doigt, surpris par l'affluence soudaine des perruches et par leur départ tout aussi brusque. Jaboterne décolla de la cheminée et se mit à planer en direction du centre, coiffant l'air au maximum pour éviter de solliciter ses ailes amochées. Il était temps de retrouver Sept, de lui raconter ce qu'il venait de négocier, et de lui confier le reste de la politique. Il en avait fait assez pour aujourd'hui. Peut-être même pour toute une vie.

Chapitre 22

VOLTE-FACE

OÙ

Loca décide de déclencher un *casus belli*

Loca avait rejoint la queue de l'escadrille et écoutait avec une rancœur grandissante les commentaires de ses congénères. Ce n'était que couardise et naïveté.

— Je suis bien contente quand même qu'on n'ait pas eu à se bagarrer, disait une perruche à une autre.

— Oui, on a assez de problèmes comme ça, avec l'hiver qui arrive, pas besoin en plus d'être en guerre ouverte contre tous les oiseaux du coin.

— Les corneilles ont essayé d'incendier notre colonie ! ragea Loca en donnant un coup d'ailes pour se porter à leur hauteur.

À force d'utiliser cet argument pour pousser les autres à attaquer le Parlement des Oiseaux, elle avait fini par se convaincre elle-même que l'opération d'enfumage de Sept était un véritable attentat.

— En nous faisant passer pour des voleuses d'œufs !

— D'accord, mais on ne peut pas s'en prendre à tous les oiseaux de Brussailes parce que les corneilles les ont manipulés, non ? Tu es bien placée pour le savoir, Loca, c'est facile de croire à leurs mensonges.

Loca ouvrit le bec pour répliquer, mais elle se ravisa. Comment pouvait-elle faire comprendre aux perruches qu'elles ne pouvaient espérer vivre en paix tant que les corvidés, et surtout les corneilles, volaient encore à Brussailes ? La seule manière de se protéger, c'était de les anéantir, toutes, et de flanquer une telle frousse aux autres espèces que personne n'oserait plus jamais s'en prendre à leur communauté. On ne pouvait pas discuter avec ses ennemis : il fallait les détruire.

L'image de Sept apparut dans l'esprit de Loca. Sa rage redoubla à l'idée que la corneille, non contente de l'avoir manipulée et abandonnée une première fois, était revenue pour s'en prendre à son peuple. En même temps, l'acide de la jalousie creusait son trou dans sa poitrine. Des années de détention commune n'avaient pas suffi à Sept pour défendre Loca devant ses congénères. Et pourtant, elle avait accepté de défier sa propre communauté pour soutenir… un pigeon.

Loca ralentit ses battements d'ailes et se laissa flotter à l'arrière de l'escadrille. Elle n'arrivait soudain plus à penser à autre chose qu'à la tête de ce stupide colombidé. Que leur avait-il demandé, déjà ? De repartir sans brutaliser le moindre passereau ?

Loca se laissa distancer encore un peu par l'escadrille et, quand elle eut la certitude que personne ne lui prêtait attention, effectua un demi-tour. Elle avait un pigeon à liquider et une guerre à déclencher.

Chapitre 23

LE MUR DE LA FOLIE

OÙ

les aventures touchent à leur fin

Ailes serrées contre son corps, Sept faisait les cent pas sur la verrière de la galerie. Elle jetait sans cesse des regards à l'horizon dans l'espoir de voir la silhouette grise de Jaboterne s'y dessiner. Deux heures s'étaient déjà écoulées depuis qu'elle avait laissé le pigeon seul face à l'armada de perruches. Deux heures qu'elle se reprochait d'avoir cru que Jaboterne pourrait négocier un cessez-le-feu – il paraissait si sûr de lui, mais quand même, ce n'était qu'un pigeon ! Deux heures qu'elle se demandait si elle l'avait mené à sa perte lui aussi, comme Chantperdu.

Car elle avait bien conscience que le rouge-gorge n'aurait jamais été tué par les rapaces si elle avait eu le cran de saborder la mission secrète que lui avaient confiée ses aînés.

Elle fit trois allers-retours de plus sur la verrière, puis décolla soudain en direction du parc Léopold. Elle avait déjà perdu un ami, elle n'allait pas en perdre un deuxième.

Un mauvais pressentiment la taraudait, comme le jour où elle était revenue à son nid pour y trouver ses oisillons morts et son mâle mutilé. Elle prit de l'altitude pour se donner une chance de repérer Jaboterne si celui-ci arrivait dans l'autre sens. Les ardoises bleutées et les tuiles ocre

des immeubles du centre-ville défilèrent sous ses yeux. Des cris d'oiseaux percèrent le bourdonnement de la vie humaine en contrebas. La pastille verte du square dans lequel Jaboterne et elle avaient affronté le chat roux apparut. Et soudain, elle le vit.

Une tache grise au milieu de la pelouse du square. Le pigeon avait presque réussi à rejoindre Sept avant de se faire abattre par Loca, qui se tenait perchée sur le corps de sa victime. Le pigeon était couché sur le flanc, les ailes à demi repliées, bec entrouvert et yeux fermés.

— Jaboterne ! croassa Sept en fonçant vers lui.

Loca releva la tête en la voyant plonger en piqué dans sa direction.

— Trop tard, Sept, il est mort, cria-t-elle en sautant à bas du pigeon.

Malgré l'absence soudaine de son poids, Jaboterne resta inanimé. Du sang coagulé tachait son plumage. Sept se posa à une courte distance de son ami. Le désespoir l'envahissait.

— Pourquoi tu t'en es prise à lui ? s'exclama-t-elle avec hargne à l'adresse de la perruche, qui la regardait d'un air triomphant. Tu ne m'as pas fait assez de mal comme ça ? Qu'est-ce qu'il t'a fait, ce pigeon ?

Loca porta une patte à son bec et la grignota.

— Ne te méprends pas sur mes intentions, c'était une décision purement stratégique. Ton pigeon n'a aucune forme d'importance à mes yeux. Mais il a réussi à convaincre mes compagnes que la paix était possible à condition qu'il n'y ait pas de sang versé. J'ai fait en sorte que cette condition ne soit pas respectée.

Tout en développant l'argumentaire étroit par lequel elle justifiait ses actions, la perruche déambulait autour du pigeon, les pattes arquées et la démarche chaloupée. Sept regarda à nouveau Jaboterne, les émotions en miettes. Son cœur rata soudain un battement. Elle venait de repérer un infime frémissement dans la paupière pâle de Jaboterne. Sans bouger d'une plume, le pigeon ouvrit son œil ocre.

— Le chat, murmura-t-il.

Sept comprit immédiatement. Jaboterne ne s'était pas abattu dans ce square par hasard : il y avait entraîné Loca dans l'espoir que les éclats de leur bagarre attireraient le félin auquel ils s'étaient frottés quelques jours auparavant.

De fait, Sept venait d'apercevoir une touffe de poils orange dans la haie toute proche.

En temps normal, un oiseau alerte aurait repéré ce prédateur tapi dans les fourrés, mais Loca se délectait de son triomphe et ne prêtait plus attention à rien :

— Bientôt, les autres oiseaux vont revenir et constater comme toi que le pigeon qui s'était targué de pouvoir négocier la paix a été tué, continua-t-elle. Les corvidés en profiteront pour attiser la haine anti-perruches. Ils crieront à la machination et clameront la patte sur le cœur qu'ils n'ont jamais volé un œuf. La guerre reprendra aussi vite qu'elle a été suspendue. Et on la gagnera. Plus personne n'osera jamais s'en prendre à nous. On pourra enfin vivre en paix.

Sept aurait pu démonter point par point son discours, mais elle savait qu'elle ne ferait que se heurter au mur de sa folie. Le feu qui animait Loca avait besoin de haine pour brûler ; sans elle, il ne lui restait plus qu'à se consumer. La paix à laquelle elle disait aspirer n'était qu'un vain prétexte qui la portait à rechercher toujours plus de violence.

Le matou se rapprochait à pas souples et comptés. Ses pupilles en fente étaient rivées sur la perruche, sans conteste la proie la plus intéressante sur laquelle il lui avait été donné de mettre la patte. Il aurait suffi à Sept d'un simple avertissement pour sauver l'être qui avait longtemps été le plus cher de sa vie. Elle se contenta de secouer la tête avec tristesse :

— Si seulement tu avais pu trouver en toi la force d'arrêter d'en vouloir à la terre entière.

Le chat bondit alors de sa cachette et s'abattit en un éclair sur Loca. Sept ignora les cris terrifiés de la perruche et vloppa vers Jaboterne pour le pousser de sa tête et l'aider à se remettre sur ses pattes. Son aile ensanglantée pendait sur le côté.

— Je ne peux plus voler, souffla le pigeon d'un ton d'excuse.

— On ne volera pas, alors, répondit Sept.

Ils s'éloignèrent en marchant vers une bouche de métro qui s'ouvrait à l'autre bout du square. Sept comptait sur le fait que le chat n'oserait pas les suivre jusque dans les galeries souterraines des humains, si jamais il ne se satisfaisait pas de la capture d'une perruche. Ils se réfugieraient tous les deux là-bas jusqu'à ce que Jaboterne soit capable de se déplacer plus longuement.

— Et Loca ? demanda le pigeon alors qu'il s'apprêtait à entrer dans l'ombre de la bouche de métro.

Sept n'en revenait pas de voir que Jaboterne s'inquiétait du sort de celle qui venait de tenter de l'assassiner. Elle se retourna un bref instant vers la perruche, abandonnée au milieu du square. Le chat tenait sa proie entre ses quatre pattes griffues. Ses petits crocs étaient enfoncés dans son cou. Loca avait cessé de bouger.

— C'est trop tard pour elle. Cela faisait longtemps qu'il était trop tard.

ÉPILOGUE

Jaboterne ne se remit jamais tout à fait des blessures infligées par Loca. Au bout de quelques semaines, et grâce aux bons soins de Sept[69], il parvint à voler de nouveau, mais son aile resta flancheuse, surtout en hiver.

Durant cette convalescence, la corneille s'efforça de faire respecter l'accord de paix qu'il avait négocié. L'Affaire des Œufs provoqua ainsi l'exclusion des corvidés les plus éminents du Parlement, à commencer par la présidente geai. Elle fut remplacée par un cormoran pugnace, qui accepta (cédant à l'insistance de Sept) de recevoir la délégation envoyée par les perruches.

Ces dernières n'avaient pas réagi à la disparition de Loca : elles s'accordaient toutes à dire que leur compagne avait déserté l'escadrille de son propre chef, et à ses propres risques. De longues négociations leur permirent ainsi d'adhérer au Parlement des Oiseaux. Comme l'avaient redouté les corvidés, leur délégation ne tarda pas à devenir la plus influente de l'Assemblée[70]. Lors des années suivantes, elle

69 - ***Mettant à profit son expérience dans le vol de cigarettes, la corneille avait développé un certain talent pour chiper des frites aux humains.***

70 - ***On lui doit notamment la rédaction de la Constitution de la République Aviaire ainsi que la création de la première basse-cour judiciaire.***

71 - *Comme l'ouette d'Égypte ou le canard mandarin.*

fut rejointe par d'autres espèces exotiques qui avaient fait leur apparition à Brussailes à la faveur du réchauffement climatique ou des trafics d'oiseaux[71].

En guise de punition pour les vols d'œufs et les fausses accusations, les corvidés virent également leur droit de vote suspendu pendant dix saisons. Ils conservèrent toutefois l'autorisation de participer aux débats parlementaires, donnant lieu à de prodigieuses joutes orales entre perruches et corneilles. En règle générale, les pigeons profitaient de leurs envolées lyriques pour piquer un petit somme.

Malgré son rôle dans la résolution de l'Affaire des Œufs, on ne demanda jamais à Jaboterne de siéger au Parlement ou d'occuper la moindre fonction d'importance. Sept insista pour qu'il brigue de lui-même le poste de chef de la délégation des pigeons. Face à son refus, elle lui reprocha son manque d'ambition. « J'ambitionne de vivre une petite vie bien tranquille », lui rétorqua-t-il.

Ainsi, dès qu'il put s'envoler, le premier réflexe de Jaboterne fut d'aller rendre visite à une certaine pigeonne tachetée. Les occupants du clocher avaient cependant déserté l'église après l'attentat des humains et aucun oiseau du quartier ne fut en mesure de dire où Grivaile avait bien pu se relocaliser. Il la chercha pendant des semaines dans Brussailes, en vain. En désespoir de cause, il décida de faire le pied de grue dans le seul lieu qu'elle avait évoqué, la place Sainte-Catherine, où elle était née. Il se percha sur une statue[72] et prit la résolution de ne plus en bouger, sauf pour manger et dormir.

Un matin printanier de l'année-des-grêlons-gros-comme-des-œufs-de-caille, alors qu'il somnolait sur sa statue, un bruissement d'ailes le réveilla.

Jaboterne avait rêvé des milliers de fois de l'instant où il reverrait enfin Grivaile. Il n'avait jamais pensé à ce qu'il pourrait alors lui déclarer.

— L'hiver a été drôlement long fut tout ce qu'il trouva à dire à la pigeonne, qui s'était perchée à côté de lui, l'air surpris et ému de le trouver là.

Et, parce qu'ils étaient des pigeons et qu'ils n'avaient aucune raison d'attendre plus longtemps, ils se mirent en quête d'un endroit où nicher.

Les hasards de leurs recherches les amenèrent dans le jardin de Chantperdu, un petit îlot de verdure bien protégé du vent par les vieux immeubles qui l'entouraient. Un cerisier était planté au milieu. Quelques perruches jacassaient joyeusement dedans. Une baraque à frites se trouvait deux rues plus loin. Aucun humain du coin n'avait eu le mauvais goût de prendre un chat.

72 - Le monument au Pigeon-Soldat, un mémorial inauguré en 1931 pour commémorer le rôle joué durant la Première Guerre mondiale par les pigeons voyageurs. Comme quoi le pigeon est une créature résolument héroïque.

— C'est parfait, déclara Grivaile.

Quelques semaines plus tard naissait le premier pigeonneau d'une longue dynastie de pigeons grivelés aux jabots ternes.

Sept, quant à elle, préféra rester loin de la vie de famille et consacra toute son énergie et son astuce à la politique. Elle devint Secrétaire Générale de l'Organisation des Espèces Unies et fit de son mieux pour défendre la cause des migrateurs et des déplacés. Quand on lui demandait d'où venait cette abnégation inébranlable, elle répondait qu'un rouge-gorge lui avait appris le sens du sacrifice. Entre deux vols importants, elle ne manquait jamais de rendre visite à Jaboterne dans son jardin brussailois.

Les propriétaires du jardin se souviennent ainsi encore de ce pigeon et de cette corneille qui se perchaient côte à côte dans leur cerisier, en fin de journée, et semblaient deviser comme un couple de vieux philosophes. Lorsque l'arbre cessa de donner des fruits, les humains le gardèrent, par égard pour les deux oiseaux.

Parfois, à l'automne, le vent amenait une feuille rouge, qui volait autour de ces derniers un bref instant avant d'être emportée au loin.

FIN

LEXIQUE BRUSSAILOIS

Brol : désordre, bazar.

Digonner : fouiller un trou (par exemple dans un tronc d'arbre vermoulu) avec son bec.

Flancheux, flancheuse : se dit d'une façon de voler en inclinant le corps d'un côté plus que de l'autre.

Flapper : action de voler en battant bruyamment les ailes pour alerter des congénères d'un danger.

Jouquer (se) : se percher pour la nuit. Opposé de *déjouquer* (décoller le matin).

Klet : personne qui manque de compétence, de savoir-faire. Empoté, incapable.

Pouffer (se) : action d'ébouriffer les plumes et de rentrer les pattes et le jabot pour former une boule, souvent pour se réchauffer.

Vlopper : effectuer un saut en déployant à demi les ailes.

Vrombe : engin de malheur qui pollue Brussailes et écrase les pigeons.

REMERCIEMENTS

J'aimerais remercier ma famille, pour son éternel soutien, et en particulier ma sœur et plus fidèle relectrice, Victoire.

Solène Bernard et Irène Chanrion, qui se sont à nouveau portées volontaires pour me donner des ailes dans la phase de correction.

Wikipédia, qui a été comme toujours une mine inépuisable d'informations.

Cécile Terouanne et Isabel Vitorino, pour avoir eu l'imprudence de me donner carte blanche avec cette histoire de pigeon. Nicolas Carmine et Kateřina Boudriot Bažantová, pour leur magnifique travail sur la mise en page et les illustrations.

Mélanie Lecamus et Apolline Crapez, qui seront bien obligées de défendre ce roman maintenant qu'elles sont citées dedans – bon courage !

L'équipe des Ghent Gargoyles, pour leur expertise inestimable ès frietsaus.

En dernier lieu, j'aimerais remercier tous les passereaux de Bruxelles, qui me tiennent chaque jour une excellente compagnie sans le savoir.

Un petit conseil avant de se quitter : la prochaine fois que vous vous promènerez, asseyez-vous quelque part et prenez un moment pour observer les oiseaux.

TABLE DES MATIÈRES

Chapitre 1 : Le Parlement des Oiseaux........................9
Chapitre 2 : La fin des frites..25
Chapitre 3 : Les trois passereaux................................33
Chapitre 4 : Le marché aux puces.............................45
Chapitre 5 : L'attaque de la Grand-Place..........................55
Chapitre 6 : Fuite nocturne..69
Chapitre 7 : L'effarouchement...................................79
Chapitre 8 : Les oiseaux des falaises...........................89
Chapitre 9 : Le chant et le territoire........................105
Chapitre 10 : L'Esprit de clocher...........................117
Chapitre 11 : Passagers clandestins..........................137
Chapitre 12 : La colonie des perruches..........................145
Chapitre 13 : L'histoire de Sept..............................163
Chapitre 14 : L'enfumage.......................................173
Chapitre 15 : L'interrogatoire.................................183
Chapitre 16 : Vertes désillusions.............................191
Chapitre 17 : La chute...205

Chapitre 18 : La promesse de l'aube........................215
Chapitre 19 : Le Chant Retrouvé............................223
Chapitre 20 : Le retour de mission..........................237
Chapitre 21 : Les pourparlers..................................247
Chapitre 22 : Volte-face..259
Chapitre 23 : Le mur de la folie.............................263
Épilogue...271
Lexique brussailois..279
Remerciements...281

LES PERSONNAGES

JABOTERNE

SEPT

CHANTPERDU

LOCA

Achevé d'imprimer en Espagne par Unigraf
Dépôt légal première publication : octobre 2022
Dépôt légal : septembre 2022
EAN : 978-2-01-716016-8
Nuart : 2959188
Édition 01